चुनी-चुनाई

चुनी-चुनाई

अशोक चक्रधर

प्रतिभा प्रतिष्ठान, नई दिल्ली

प्रकाशक : प्रतिभा प्रतिष्ठान,
1661 दखनीराय स्ट्रीट, नेताजी सुभाष मार्ग, नई दिल्ली-110002
 / संस्करण : 2006
मुद्रक : रेप्रो नॉलेज कास्ट लिमिटेड, ठाणे ISBN 81-88266-01-9

CHUNI-CHUNAI *poems* by Ashok Chakradhar
Published by Pratibha Pratishthan, 1661 Dakhni Rai Street,
Netaji Subhash Marg, New Delhi-110002

चुनी-चुनाई
ये कविताई
बड़े भाई सुधीश पचौरी
को
सादर भेंट

अनुक्रम

27. क्रम
28. चेतन जड़
29. सुदूर कामना
30. खुद खाकी
31. अधन्ना सेठ

प्राक्कथन

'चुनी-चुनाई' ये कविता-संकलन बहुत अच्छा है।

पूंछ और मूंछ

एक के पास मूंछ थी
एक के पास पूंछ थी,
मूंछ वाले को कोई
पूछता नहीं था
पूंछ वाले की पूछ थी।

मूंछ वाले के पास
तनी हुई मूंछ का सवाल था
पूंछ वाले के पास
झुकी हुई पूंछ का जवाब था।

पूंछ की दो दिशाएं नहीं होती हैं
या तो भयभीत होकर
दुबकेगी
या मुहब्बत में हिलेगी,
मारेगी या मरेगी
पर एक वक़्त में
एक ही काम करेगी।
मूंछें क्यों अशक्त हैं,
क्योंकि दो दिशाओं में विभक्त हैं।
एक झुकी मूंछ वाला
झुकी पूंछ वाले से बोला–
यार,
मैं ज़िंदगी में
उठ नहीं पा रहा हूं।

पूंछ वाला बोला–

बिलकुल नहीं उठ पाओगे
कारण एक मिनट मे समझ जाओगे
बताता हूं
तुम बिना हाथ लगाए
अपनी मूंछ उठाकर दिखाओ
मैं अपनी पूंछ उठाकर दिखाता हूं।
जो उठा सकता है
वही उठ सकता है,
इसलिए पूंछ वालों की सत्ता है।

□

टें बोल दो ना!

बच्चे ने रट लगा दी,
बार-बार कहे–
    दादी!
    तोते की तरह
    टें बोलकर दिखाओ!

दादी भी अड़ गई–
    क्यों बोलूं ये बताओ?

आख़िरकार बच्चे ने राज़ खोला
मासूमियत से बोला–
    कल रात जब
    मैं झूठ-मूट को सो रहा था,
    तब पापा ने
    मम्मी से कहा था
    कि अम्मा जब
    टें बोलेगी तो
    खूब सारे रुपए मिलेंगे,
    फिर हम
    ये घर बेच के
    दूसरा लेंगे।
किसी तरह
बुढ़िया ने रोक लिया रोना
बच्चा ज़िद कर रहा था–
    टें बोल दो ना!

□

राजकुमार का काला चश्मा

राजकुमार अपना काला चश्मा
तब नहीं लगाता
जब धूप का उजाला हो,
तब नहीं लगाता
जब किरणों में ज्वाला हो,
तब नहीं लगाता
जब मौसम की मार हो,
तब नहीं लगाता
जब धूल का ग़ुबार हो।
इनसे तो वो
अपने चश्मे को बचाता है,
ख़ास-ख़ास मौकों पर ही
चश्मा लगाता है।

मसलन
लघु-दीर्घ अवसरों पर
चश्मा लगाता है,
टूटे दरवाज़े वाले
ग़ुसलख़ाने में
अपना काला चश्मा लगाकर ही
नहाता है।
बाल काढ़ते समय-काला चश्मा
पुस्तक पढ़ते समय-काला चश्मा।

अंधी गली आते ही
चश्मा लगाएगा।

भिखारी को भीख या सीख
कुछ नहीं देता है,
बस, चश्मा लगा लेता है।

कल भैया के नाश्ते में दही था,
उसके प्लेट में नहीं था।
भैया कमाता है
चार पैसे लाता है
नाश्ता तो करता है राजकुमार
पर करने से पहले
चश्मा लगाता है।
ख़र्चा बहुत ज़्यादा है
कुछ काम-धंधा भी करोगे
पिता बोले—
    या सिर्फ़
    आवारागर्दी का इरादा है?
    राजकुमार जेब में
    चश्मा टटोलता है रह-रह,
    नौकरी की जगह
    टके से जवाब की तरह।

रास्ते में
मंदिर मस्जिद या
गुरुद्वारा आता है
वह तीनों जगह
सिर झुकाता है,
पर झुकाने से पहले
काला चश्मा लगाता है।

फिर वह
चश्मा लगाए-लगाए ही
देखता है सिनेमा
माधुरी, श्रीदेवी, रेखा या हेमा।
प्लीज़, डॉ. नामवर सिंह प्लीज़
बताइए कि आख़िर ये
काला चश्मा है कौन-सी चीज़!
उसकी अस्मिता है या आत्म-निर्वासन
उसका विद्रोह है या पलायन?
जीवन संगीत का रतौंधी अंग है
या दिन के उजाले से उसका मोह भंग है।
दरअसल
काला चश्मा उसकी शर्म-निरपेक्षता है,
वह बेशर्म ज़िंदगी को
अपनी शर्म के साथ देखता है।
आप ग़लत न समझें कहीं,
वह शर्म में निरपेक्ष है
शर्म से नहीं।
आज बहुत बेचैन है राजकुमार
क्योंकि अभी-अभी
उसे छद्म शर्म-निरपेक्ष बताकर
एक धिक्कार सेवक
उसका काला चश्मा तोड़ गया
और ढेर सारे सवालों के
खौलते तालाब में
उसे नंगी आंख छोड़ गया।

□

जंगल-गाथा

एक नन्हा मेमना
और उसकी मां बकरी,
जा रहे थे जंगल में
राह थी संकरी।
अचानक आ गया सामने से शेर,
लेकिन अब तक तो
हो चुकी थी देर।
भागने का नहीं था
कोई भी रास्ता,
बकरी और मेमने की
हालत ख़स्ता।
उधर शेर के क़दम धरती नापें,
इधर ये दोनों थर-थर कांपें।
अब तो शेर आ गया
एकदम सामने,
बकरी लगी जैसे-तैसे
बच्चे को थामने।
छिटककर बोला
बकरी का बच्चा-
शेर अंकल!
क्या तुम हमें खा जाओगे
एकदम कच्चा?

शेर मुस्कुराया,
अपना भारी पंजा
उसने

मेमने के सिर पर फिराया।
बोला–
    हे बकरी कुलगौरव,
    आयुष्मान भव!
    दीर्घायु भव!
    चिरायु भव!
    कर कलरव!
    हो उत्सव!
    साबूत रहें तेरे सब अवयव।
    आशीष देता ये पशु-पुंगव शेर,
    कि अब नहीं होगा
    कोई अंधेर।
    उछलो, कूदो, नाचो
    और जियो हंसते-हंसते
    अच्छा बकरी मैया नमस्ते!

इतना कहकर शेर
कर गया प्रस्थान,
बकरी हैरान–
    बेटा ताज्जुब है,
    भला ये शेर किसी पर
    रहम खाने वाला है,
    लगता है जंगल में
    चुनाव आने वाला है।

□

पानी से निकलकर
मगरमच्छ किनारे पर आया,

इशारे से
बंदर को बुलाया।
बंदर गुर्राया–
खों खों
क्यों,
तुम्हारी नज़र में तो
मेरा कलेजा है?

मगरमच्छ बोला–
नहीं नहीं
तुम्हारी भाभी ने
ख़ास तुम्हारे लिए
सिंघाड़े का अचार भेजा है।

बंदर ने सोचा
ये क्या घोटाला है,
लगता है जंगल में
चुनाव आने वाला है।
लेकिन बोला–
वाह!
अचार, वो भी सिंघाड़े का,
यानी तालाब के कबाड़े का!
बड़ी ही दयावान
तुम्हारी मादा है,
लगता है शेर के ख़िलाफ
चुनाव लड़ने का इरादा है।

– कैसे जाना, कैसे जाना?
– ऐसे जाना, ऐसे जाना
कि आजकल

भ्रष्टाचार के तालाब में
नहाने के बाद
जिसकी भी छवि स्वच्छ है,
वही मगरमच्छ है।

□

थोड़ी देर बाद
एक रोटी का बंटवारा कराने
आईं दो बिल्ली,
बंदर ने बिलकुल नहीं उड़ाई
उनकी खिल्ली।
बड़ी गंभीरता से
अपना झोला खोला
और ठीक वैसी ही
एक रोटी निकालते हुए बोला–
अरे!
किस बात की लड़ाई है,
दोनों एक-एक
साबुत रोटी खाओ न
और लो
ऊपर से ये मलाई है।

बिल्लियां हैरान,
दोनों के
खड़े हो गए चारों कान–
ये क्या गड़बड़झाला है,
लगता है जंगल में
चुनाव आने वाला है।

बंदर बोला–
ठीक पहचाना है,
और तुमको एक
रहस्य बताना है
कि जो असंभव था
वो संभव हो गया है,
भेड़िया दल (ब)
गीदड़ दल (ग)
तेंदुआ दल (तूं)
और घोंदुआ दल (पूं) का
मेरे वानर दल में
विलय हो गया है।
जंगल की राजनीति में
जितने भी अनाथ हैं,
सब मेरे साथ हैं।
अब इस संयुक्त मोर्चे को
जिताना है,
जंगल से आतंक मिटाना है।
देखो, तुम हमारी पड़ोसी हो,
और असल बात ये
कि शेर की मौसी हो।
जितने वोट दिलवाओगी,
उतने चूहे पाओगी!

□

एक चुहिया
दौड़ी-दौड़ी बिल में आई,

चूहे के कान में फुसफुसाई–
ऊपर दो बिल्लियां
बातें कर रही हैं,
रामनामी ओढ़कर
सबसे मुलाक़ातें कर रही हैं।
कहती हैं–
हमारी अनऑथोराइज़्ड बिल कॉलोनी को
पास कर दिया जाएगा,
बिजली–पानी का इंतज़ाम भी
ख़ास कर दिया जाएगा।

चूहा बोला–
यहां तो अंधेरे में ही
उजाला है,
लगता है जंगल में
चुनाव आने वाला है।

□

एक ओर भौंक–भौंककर
परेशान श्वान थे,
एक दूसरे के
खींच रहे कान थे।

चिड़िया बोली–
इनमें से कुछ तो
वाकई दुष्ट हैं,
टिकट नहीं मिला है न
इसलिए असंतुष्ट हैं।

□

जंगल में थे
नारे और वादे,
पंजों में छिपे हुए
ख़ूंख़ार इरादे।
भालुओं से कहा गया
सारे मधुमक्खी-छत्तों पर
उनका रिज़र्वेशन होगा,
मधुमक्खियों से कहा गया
भालुओं से तुम्हारा
प्रोटेक्शन होगा।

चूहों से कहा गया
चील नहीं होगी,
चील से कहा गया
चूहा-सप्लाई में
ढील नहीं होगी।

हिरनों से कहा गया
जीवन में अहर्निश सवेरा होगा,
उल्लुओं से कहा गया
दिन में भी अंधेरा होगा।

□

इधर झूमता हुआ उन्माद में
शेर आया अपनी मांद में

बोला–

पूरा जंगल घेरनी
ओ मेरी स्वीट हार्ट शेरनी
आई लव यू ईलू-ईलू!

शेरनी बोली–

डार्लिंग
आई लव यू टू ईलू-ईलू!
लेकिन आज लग रहे हो
ढीलू-ढीलू।

शेर बोला–

ऐसा?
तो ला थोड़ी ह्विस्की पी लूं।

शेरनी बोली–

ह्विस्की तो ज़रूर पिलाऊंगी,
उसमें
बरफ़ और सोडा भी मिलाऊंगी,
पर मुझे भी तो
कुछ दिला दो,
एक ताज़ा मुलायम-सा
खरगोश खिला दो।

सिंहनी के कान में हुआ
फुसफुसाहट का सिंहनाद–

ख़रगोश तो खिलाऊंगा डार्लिंग,
पर चुनावों के बाद।

□

ये बेचारे हिरन, ख़रगोश
भेड़ और बकरी,
गाय, भैंस, खच्चर, घोड़े
चिड़िया और गिलहरी,
ये नहीं जानते हैं कि
शेर हो गया तेंदुआ
भगर्रा हो गया भेड़िया
ये सबके सब आग से डरते हैं
कैसे भी गब्बर या बब्बर क्यों न हों
आग का सामना नहीं करते हैं।
जिस दिन भी जंगल की जनता में
आग की चेतना वाली
एक भी मशाल आ जाएगी,
सच मानिए
उस दिन से जंगल की
निज़ामत बदल जाएगी।

□

सपनों के राजकुमारों के लिए

एक थे वर्माजी
नहीं–नहीं शर्माजी
या कहें भाऊजी
नहीं–नहीं साहूजी!
क्या फ़र्क पड़ता है नाम से,
हमारा तो मतलब है
उनके काम से।

वे रहते थे रामपुर में
नहीं–नहीं धामपुर में
या चलिए बुरहानपुर में
हटाइए फ़ाइनल करते हैं
कानपुर में।
क्या फ़र्क पड़ता है शहर से,
हमारा तो मतलब है
शहर के ज़हर से।

उनको थीं तीन बेटियां–
उषा, सुधा, विमला
नहीं
कनक, लता, कमला
या जूली, जूही, जुलका
हटाइए फाइनल करते हैं
पूनम, ममता, अलका।
लड़कियां ही तो थीं
क्या फ़र्क पड़ता है?

पड़ता है,
लड़कियों से तो भाई साहब
बहुत फ़र्क पड़ता है।
हमारे यहां लड़कों का बाप
ज़मीन पर
बिना पंख उड़ता है,
और लड़कियों का
धरती की सतहों में सड़ता है,
लड़कियों से तो जनाबे-आली
बहुत फ़र्क पड़ता है।

दरअसल
लड़कियों के मामले में
हमारा समाज अधकचरा है,
यहां लड़की
फूटी हुई क़िस्मत
कोख का कचरा है।
घर में चंद रोज़ है,
और जितने दिन है
उतने दिन बोझ है।
मां के लिए यंत्रणा है
बाप की यातना है,
अब तो डॉक्टरी तरीक़े हैं
धरती पर आना भी मना है।
कहीं सौ-सौ टोटके
कहीं पैदा होते ही घोट के
मारने का रिवाज़ है
कैसा समाज है!

लड़की का पैदा होना
मां-बाप के दिल में
कलेजे में
निगाहों में गड़ता है,
लड़की होने से तो भाई साहब
बहुत फ़र्क पड़ता है।
ख़ैर,
बात शुरू करें
लाग-लपेट के बग़ैर-
एक थे साहूजी
पूनम, ममता, अलका के बापूजी
रहते थे कानपुर के
कुली बाज़ार में
बेटियों की शादी के
इंतजार में।
दिन में जितने घंटे
नौकरी करते थे
उससे ज़्यादा लड़के देखते थे,
और जितने लड़के देखते थे
उनसे ज़्यादा
लड़कों के सपने देखते थे
कि ख़ूबसूरत, बलशाली बेशुमार
तीन राजकुमार
लिये हुए हाथों में चंदनहार
बिखराते हुए बहार
फेंकते हुए फुहार
सद्व्यवहार, होनहार
चले आ रहे हैं

मेरे घर के द्वार,
द्वार पर टंगे हैं वंदनवार।

कि अचानक आसमान गूंजता है–
अस्सी हजार!
एक लाख!!
दो लाख!!!
बोल साहू, है तेरी हैसियत
है इतनी साख?

बंदनवार में लटकी पत्तियां
कटार बन गईं,
बल्बों की जगर-मगर पंक्तियां
ख़ूंख़ार दांतों की
क़तार बन गईं।
शामियाना दुर्वासा हो गया,
गुलाब-जल का पात्र
गंडासा हो गया।

कैसे हो गया,
ये कैसे हो गए?
राजकुमार राक्षस कैसे हो गए?
उजाले अमावस कैसे हो गए?
क्योंकि हत्यारी हवस पैसे हो गए।

साहू बैठे-बैठे चौंकते हैं,
वे दिन-रात
ऐसे ही सपने देखते हैं।

एक दिन
लखनऊ गए बारात में
पत्नी और
छोटे बच्चों के साथ में।
पूनम, ममता, अलका
तीनों बहनें
बहनों से ज़्यादा सहेली
घर में रह गईं अकेली।

आकाश में उड़ती हुई चीलों ने
इन लड़कियों को देखा,
सलीब में ठुकी हुई कीलों ने
इन लड़कियों को देखा।
मौत की कुतिया
दबे पांव
घर में घुस आई,
बदक़िस्मत लड़कियों ने
कुंडी अंदर से लगाई।

बड़की पूनम बोली–
ज़माना देखेगा
हौसले हम लड़कियों के
ममता
परदे ठीक से बंद कर दे
खिड़कियों के।
मेरी लाडो
मेरी छोटी बहन अलका!
जी भारी है या हलका?
डर तो नहीं लग रहा?

अलका बोली–

क्या कहा
सुन लो दीदी
मैं नहीं हूं
इस बेकार-सी ज़िंदगी की नदीदी
कौन सुने
लड़के वालों के बहाने
मम्मी के ताने
एक तुम्हारी शादी से
पापा टूट लेंगे,
मेरी बारी आने तक तो
उनके प्राण ही छूट लेंगे।
सच दीदी
तुमने बहुत अच्छा
रास्ता निकाला है
इस अंधेरी ज़िंदगी से तो
मौत में ही उजाला है।

परदा ठीक करते हुए
और लंबी सांस भरते हुए
ममता ने कहा–

कैसे पटर-पटर बोलती है
बातों में फ़िलॉसफ़ी घोलती है
देखो, देखो
ये क्या जानती है
ज़िंदगी और मौत के उजाले को।
पूनम दीदी, मैं कहूंगी
और कहे बिना नहीं रहूंगी

गुस्से को दिल से उतार लो
एक बार फिर से विचार लो।

—बावली,
इसमें गुस्सा है न उतावली।
इसी में है
हम तीनों की भली,
फिर से क्या विचारें
तू खुद बता मझोली?

इस पर ममता नहीं
छोटी अलका बोली—
हम तीनों में
बीच की हैं न ममता दीदी
इसलिए बीच की बात करती हैं,
मुझे तो लगता है
मरने से डरती हैं।

—अलका!
पूनम ने डांटा।
पल भर को छा गया सन्नाटा।
फिर ममता से बोली—
पगली है यह अलका,
मरना तो मामला है
पल दो पल का।
चलो सोचते हैं दोबारा,
क्या जाता है हमारा!

ममता बोली–

छोड़िए
मुझे अब कुछ नहीं
सोचना-समझना है,
मैं तैयार हूं
करो जो भी करना है।

पूनम बोली–

ऐसी नहीं ममता!
मत करो वह काम
जब तक मन को नहीं रमता।
कोई ज़बरदस्ती है?
पर मेरी मन्नो
इतना कहूंगी
हमारी कोई
ज़रूरत नहीं है किसी को
हमारी जान बहुत सस्ती है।
दोबारा सोचूं
तिबारा सोचूं
चौबारा सोचूं
अठबारा सोचूं
पर अब नवीं बार
पड़ोसन भाभी के गहने
और उन्हीं की साड़ी पहने
तुम्हारी बनाई पकौड़ियां
पापा की लाई मिठाइयां
और चाय की प्यालियां लेकर
भूखे भेड़ियों के बीच

अपनी नुमाइश नहीं लगाऊंगी,
पापा को बार-बार
जलील नहीं कराऊंगी,
कि वो आएंगे
खाएंगे, निहारेंगे, घूरेंगे
ऊटपटांग सवाल पूछेंगे-
एम.ए. हिंदी में किया है?
कौन-सी पोज़ीशन थी?
कालेज लड़कियों का था
या को-एजूकेशन थी?
फिर मुसकराएंगे
खुसुर-पुसुर करेंगे
पैसों के लिए
और चले जाएंगे-
जी, लड़के की बुआ है
पूछ कर बताएंगे।
जो अस्सी पर राज़ी था
दो लाख मांगता है कमीना,
मुश्किल कर दिया है जीना।
पहली शादी में ही
लाखों लग जाएंगे,
तो बाकी चार के लिए
कहां से लाएंगे?
मैंने कहा था
इस ज़माने से नहीं डरूंगी
शादी नहीं, नौकरी करूंगी।
पर इसमें उन्हें
बेइज्ज़ती लगती है,

उनकी ईगो जगती है–
लड़की से काम नहीं कराएंगे,
तो क्या करेंगे
ख़ुद को बेच के आएंगे!
औलादों के लिए
दहेजी जल्लादों के लिए!!
जल्लाद,
जिन्हें बाज़ार में सजी हुई
सारी चीज़ें चाहिए
जिनके ऐड टी.वी. दिखाता है
विविध भारती जिनके गाने गाता है
अख़बार में जितनी चीज़ों के
विज्ञापन आते हैं,
वो सब
दहेजी दानवों के दिमाग़ों में
कुलबुलाते हैं।
उनमें से
एक भी चीज़ नहीं भूलेंगे
लड़की के बाप की
लाश से वसूलेंगे।

ममता सोच तो
कितनी महंगाई है,
सारी आग
इस बाज़ार ने लगाई है।
फ्रिज, टी.वी., वी.सी.आर.
मिक्सी, स्कूटर, कार
डबल बेड, सोफ़ा तो देंगे ही

क़ालीन और झाड़-फ़ानूस भी चाहिए,
फिर लड़की को जलाने के लिए
मिट्टी का तेल
और फूस भी चाहिए।

ममता बोली–
रहने दो, रहने दो!

पूनम ने कहा–
मन्नो, रोको नहीं कहने दो।
क्या फ़ायदा हुआ हमारी पढ़ाई का
सिलाई, बुनाई, कढ़ाई का?
सचाई ये है कि अब हम
इस घर के लिए
ग़ैरज़रूरी हैं,
मां-बाप के लिए मज़बूरी हैं।
हमारा ध्यान आने पर
वो दर्द से कराहते हैं,
हम न रहें
ऐसा वो अंदर ही अंदर चाहते हैं।

प्याला क्या टूटा अलका से
कि पीट दिया,
चोटी पकड़ के घसीट दिया।
दरअसल मम्मी हमें नहीं मारती
ख़ुद को
अपनी आत्मा को मारती हैं,
हमें नहीं कोसती हैं

अपने दर्द भरे
दिल को मसोसती हैं।
हम पर नहीं चिल्लाती हैं
अपनी मजबूरियों पर
झल्लाती हैं।

तभी अलका
एक आसमानी साड़ी को मोड़कर
उसे ओढ़नी-सा ओढ़कर
थोड़ा-सा घूंघट किए हुए,
हाथों में
नाश्ते की ट्रे लिये हुए,
नखरीली चाल में,
शर्मीली बनकर,
बोली सहमकर–
भई,
अब बहस बंद कर लो,
हम दिखने आई हैं
कोई हमें भी पसंद कर लो।
दहेज में सौत भी मिलेगी,
हमारे साथ
हमारी मौत भी मिलेगी।

ममता बोली–
ये क्या मज़ाक है?

अलका बोली–
क्यों दीदी ख़तरनाक है?

चलो छोड़ो, नाश्ता करो
मेरे मज़ाक से मत डरो।
और अब भला
हम क्यों डरेंगी,
लेकिन मरना है तो
खा-पी के मरेंगी।
दीदी, ये साड़ी ठीक है?
थोड़ी बारीक है!

पूनम बोली–
और कमज़ोर है।
एक झटके में फट जाएगी,
चिकनी है न
गांठ भी नहीं लग पाएगी!

ममता अचानक चिल्लाई,
उसे आ गई रुलाई।
पर पूनम और अलका चुप रहीं,
वो तो हिलीं भी नहीं।
न ममता को चुप कराया
न धीरज बंधाया,
उल्टे नाश्ता अपनी ओर सरकाया।

अलका ने जमकर खाया,
पूनम ने मुंह जुठलाया।
ममता ने छुआ तक नहीं,
रोती रही, सुबकती रही।
फिर पूनम ने चिट्‌ठी लिखी

मम्मी-पापा के नाम
कि हमें माफ़ करना,
हम जा रही हैं अपनी मरज़ी से
इसलिए पुलिसवालो
मम्मी-पापा के साथ
इंसाफ़ करना।
आदि आदि।

फिर पूनम ने कहा–
    अलका, जा अचार ढक दे,
    मम्मी के कपड़े
    अलमारी में रख दे।
    दूध तो उनके आने तक फट जाएगा...

सुबकती हुई ममता बोली–
    और कलेजा भी फट जाएगा।

कहने लगी पूनम–
    तू है तो
    उन्हें तसल्ली दिखाने को!

ममता फूट पड़ी–
    दीदी, ऐसी बातें मत करो
    जी को जलाने को।
    मैं क्या तुम्हारे बिना
    सड़ूंगी, गलूंगी?
    मैं भी साथ चलूंगी।

फिर मज़बूत दिल से,
ममता ने भी
एक लाइन लिख दी पेंसिल से–
मैं भी अपनी इच्छा से
आत्महत्या कर रही हूं–
ममता।
अद्‌भुत थी
इन लड़कियों की क्षमता।

कैसे तो चारपाई लगाई
कैसे स्टूल रखा,
कैसे साड़ी अटकाई
कैसे कुंडा परखा?
फिर सबकुछ ठीक-ठाक करके
देखा चारों ओर घर के
फिर एक-दूसरे की आंखों में झांका,
जिनमें टहलता था
यमराज बांका।
फिर मशीन-सी हो गईं
तीनों कन्याएं,
न कुछ बोलें
न पलक झपकाएं।
एक-दूसरे से लिपट गईं,
फिर अचानक हट गईं।
मशीन की तरह बढ़ीं,
मशीन की तरह ऊपर चढ़ीं।
मशीन की तरह फंदा लगाया,
मशीन की तरह उसे गरदन में फंसाया।

बस एक क्षण के लिए लड़कियां बनीं
जब पलकें झपकाइ,
और एक-दूसरे की तरफ देखकर
दर्द से मुसकराईं।
फिर मशीन की तरह
देश, समाज
परिवार, रिश्तेदार
सबको भूल गईं
और एक झटके में झूल गईं।
अरे, अरे
कैसा कायरतापूर्ण दुस्साहस किया
इन तीनों ने
ऐसा तो कोई
हरगिज़, हरगिज़ हरगिज़, न करे
इसके बजाय तो
हालात से लड़े
पर कहां हो
साहू के सपने के राजकुमारो।
इन लटकती हुई
लाशों को निहारो,
कुछ सोचो, कुछ विचारो।
आओ तुम्हारा इंतज़ार है।
आओ
लेकिन इस तरह
कि बंदनवार की पत्तियां
कटार न हो जाएं,
द्वार के तोरण
तलवार न हो जाएं,

शामियाने
दुर्वासा न बन जाएं
गुलाब जल के पात्र
गंडासा न बन जाएं,
घर वाले तुम्हारे
दहेज के धंधे में
अंधे न हो जाएं,
हाथों में चंदनहार
लड़कियों की गरदनों के
फंदे न हो जाएं।
राजकुमारो, आओ
यहां सर झुकाओ
ये उन तीनों लड़कियों की
मज़ार है,
आओ
दहेज न लेने की
क़सम खाकर आओ
समाज को तुम्हारा इंतज़ार है।
आओ, राजकुमारो!

□

चालीसवां राष्ट्रीय भ्रष्टाचार महोत्सव

पिछले दिनों
चालीसवां
राष्ट्रीय भ्रष्टाचार महोत्सव
मनाया गया,
सभी सरकारी संस्थानों को
बुलाया गया।
भेजी गई सभी को
निमंत्रण पत्रावली,
साथ में
प्रतियोगिता की नियमावली।

लिखा था–
प्रिय भ्रष्टोदय
आप तो जानते हैं
भ्रष्टाचार हमारे देश की
पावन पवित्र सांस्कृतिक विरासत है,
हमारी जीवन-पद्धति है
हमारी मज़बूरी है
हमारी आदत है।
आप अपने
विभागीय भ्रष्टाचार का
सर्वोत्कृष्ट नमूना दिखाइए,
और उपाधियां तथा
पदक-पुरस्कार पाइए।
व्यक्तिगत उपाधियां हैं–

भ्रष्ट शिरोमणि, भ्रष्ट विभूषण
भ्रष्ट भूषण और भ्रष्ट रत्न,
और यदि सफल हुए
आपके विभागीय प्रयत्न,
तो कोई भी पदक, जैसे–
स्वर्ण गिद्ध
रजत बगुला
या कांस्य कउआ दिया जाएगा,
सांत्वना पुरस्कार में
प्रमाण–पत्र और
ह्विस्की का
एक–एक पउआ दिया जाएगा।
प्रविष्टियां भरिए
और न्यूनतम योग्यताएं
पूरी करते हों तो
प्रदर्शन अथवा प्रतियोगिता–खंड में
स्थान चुनिए।

कुछ तुले
कुछ अनतुले भ्रष्टाचारी
कुछ कुख्यात निलंबित अधिकारी
जूरी के सदस्य निलंबित अधिकारी
जूरी के सदस्य बनाए गए,
मोटी रकम देकर बुलाए गए।
मुर्ग़ तंदूरी, शराब अंगूरी
और विलात की सारी चीज़ें ज़रूरी
जुटाई गईं,
और निर्णायक–मंडल

यानी कि जूरी
जो दिलाई गईं।
एक हाथ से
मुर्ग़ की टांग चबाते हुए
और दूसरे से
चाबी का छल्ला घुमाते हुए,
जूरी का एक सदस्य बोला–
  मिस्टर भोला!
  यू नो,
  हम ऐसे
  करेंगे
  या वैसे करेंगे
  या जी चाहे जैसे करेंगे,
  बट बाय द वे
  भ्रष्टाचार नापने का
  पैमाना क्या है
  हम फ़ैसला कैसे करेंगे?

मिस्टर भोला ने
सिर हिलाया
और
हाथों को घूरते हुए फरमाया–
  चाबी के छल्ले को
  टेंट में रखिए
  और मुरग़े की टांग को
  प्लेट में रखिए
  फिर सुनिए मिस्टर मुरारका!
  भ्रष्टाचार होता है
  चार प्रकार का।

पहला–नज़राना !
यानी नज़र करना, लुभाना।
ये काम होने से पहले
दिया जाने वाला ऑफर है
और पूरी तरह से
देने वाले की
श्रद्धा और इच्छा पर निर्भर है।

दूसरा–शुकराना !
इसके बारे में क्या बताना।
ये काम होने के बाद
बतौर शुक्रिया दिया जाता है
लेने वाले को
आकस्मिक प्राप्ति के कारण
बड़ा मज़ा आता है।

तीसरा–हक़राना !
यानी हक़ जताना।
हक़ बनता है जनाब,
बंधा-बंधाया हिसाब
आपसी सेटिलमेंट
कहीं दस परसेंट
कही पंद्रह परसेंट
कहीं बीस परसेंट,
पेमेंट से पहले पेमेंट।

चौथा–ज़बराना !
यानी ज़बरदस्ती पाना।

ये देनेवाले की नहीं
लेनेवाले की
इच्छा, क्षमता और शक्ति पर
डिपेंड करता है,
इसमें मना करने वाला मरता है
क्योंकि लेने वाले के पास
पूरा अधिकार है,
दुत्कार है, फुंकार, फटकार है।
दूसरी ओर
न चीत्कार न हाहाकार
केवल मौन स्वीकार होता है,
इसलिए देने वाला अकेले में रोता है।
तो यही भ्रष्टाचार का
सर्वोत्कृष्ट प्रकार है
जो भ्रष्टाचारी
इसे न कर पाए
उसे धिक्कार है।

नज़राना का एक पॉइंट
शुकराना के दो
हक़राना के तीन
और ज़बराना के चार,
हम भ्रष्टाचार को
नंबर देंगे इस प्रकार।

रात्रि का समय,
जब बारह पर आ गई सुई
तो प्रतियोगिता शुरू हुई।

सर्वप्रथम जंगल विभाग आया
जंगल अधिकारी ने बताया–
    इस प्रतियोगिता के
    सारे फर्नीचर के लिए
    चार हज़ार चार सौ बीस पेड़
    कटवाए जा चुके हैं,
    और एक-एक डबल बेड
    एक-एक सोफासेट
    जूरी के हर सदस्य के घर
    पहले ही
    भिजवाए जा चुके हैं।
    हमारी ओर से
    भ्रष्टाचार का यही नमूना है,
    आप लोग सुबह जब जंगल जाएंगे
    तो स्वयं देखेंगे कि
    जंगल का एक हिस्सा
    अब बिलकुल सूना है।

अगला प्रतियोगी
पी.डब्ल्यू.डी. का
उसने बताया अपना तरीक़ा–
    हम लैंड फिलिंग या
    अर्थ फिलिंग करते हैं
    यानी ज़मीन के
    निचले हिस्सों को
    ऊंचा करने के लिए
    मिट्टी भरते हैं।
    हर बरसात में

मिट्टी बह जाती है,
और समस्या
वहीं की वहीं रह जाती है।
जिस टीले से
हम मिट्टी लाते हैं,
या काग़ज़ों पर
लाया जाना दिखाते हैं,
यदि सचमुच हमने
उतनी मिट्टी को
डलवाया होता,
तो आपने उस टीले की जगह
पृथ्वी में
अमरीका तक का
एक और पार गड्ढा पाया होता।
लेकिन टीला
ज्यों का त्यों खड़ा है,
उतना ही ऊंचा
उतना ही बड़ा है।
मिट्टी डली भी
और नहीं भी,
ऐसा नमूना
नहीं देखा होगा कहीं भी।

क्यू तोड़कर अचानक,
अंदर घुस आया
एक अध्यापक–

हुज़ूर,
मुझे आने नहीं दे रहे थे,
शिक्षा का भ्रष्टाचार

बताने नहीं दे रहे थे!
प्रभो!

एक जूरी मेंबर बोला–
चुप रहो।
चार ट्यूशन क्या कर लिये कि
भ्रष्टाचारी समझने लगे,
प्रतियोगिता में शरीफ होने का
दम भरने लगे।
तुम क्वालीफ़ाई ही नहीं करते
बाहर जाओ,
नेक्स्ट, अगले को बुलाओ।

अब आया एक पुलिस का दरोग़ा
बोला–
हम न हों
तो भ्रष्टाचार कहां होगा?
जिसे चाहें पकड़ लेते हैं
जिसे चाहें रगड़ देते हैं।
हथकड़ी नहीं डलवानी
एक हज़ार ला,
जूते नहीं खाने
दो हज़ार ला।
पकड़वाने के पैसे
छुड़वाने के पैसे
ऐसे भी पैसे
वैसे भी पैसे,
बिना पैसे

हम हिलें कैसे?
जमानत, तफ़तीश, इन्वेस्टिगेशन,
इन्क्वायरी, तलाशी
या ऐनी सिचुएशन,
अपनी तो चांदी है,
क्योंकि हर स्थिति बांदी है।
डंडे का ज़ोर है,
क्योंकि डंडा कठोर है।
हम अपराध मिटाते नहीं हैं
अपराधों की फ़सल की
देखभाल करते हैं,
वरदी और डंडे से
कमाल करते हैं।

फिर आए क्रमशः
एक्साइज़ वाले
स्लम वाले, कस्टम वाले
डी.डी.ए. वाले
टी.ए.डी.ए. वाले
रेल वाले, खेल वाले
हेल्थ वाले, वेल्थ वाले
पुरातत्त्व वाले, स्थापत्य वाले
रक्षा वाले, खाद्य वाले
ट्रांसपोर्ट वाले, एअरपोर्ट वाले,
सभी ने बताए
अपने-अपने घोटाले।

प्रतियोगिता पूरी हुई,
तो जूरी के एक सदस्य ने कहा–

देखो भई!
स्वर्ण गिद्ध तो
पुलिस विभाग को जा रहा है,
हां, रजत बगुले के लिए
पी.डब्ल्यू.डी.
डी.डी.ए. के बराबर आ रहा है।
और ऐसा लगता है हमको,
कि कांस्य कउआ मिलेगा
एक्साइज़ या कस्टम को।

निर्णय-प्रक्रिया
चल ही रही थी कि
अचानक मेज़ फोड़कर,
धुएं के बादल
अपने चारों ओर छोड़कर,
श्वेत धवल खादी में लक-दक
टोपीधारी
गरिमा-महिमा उत्पादक
एक विराट् व्यक्तित्व
प्रकट हुआ,
चारों ओर
रोशनी और धुआं।

जैसे गीता में
भगवान् श्रीकृष्ण ने
अपना विराट् स्वरूप दिखाया
और महत्त्व बताया था
कुछ-कुछ वैसा ही था नज़ारा,

विराट् भ्रष्ट नेताजी ने
मेघ-मंद स्वर में उचारा-
मेरे हज़ारों मुंह
हज़ारों हाथ हैं,
हज़ारों पेट हैं
हज़ारों ही लात हैं।

नैनं छिन्दन्ति पुलिसा-वुलिसा
नैनं दहति संसदा,
नाना विधानि रूपाणि
नाना हथकण्डानि च ॥

ये सब भ्रष्टाचारी
मेरे ही स्वरूप हैं,
मैं एक हूं लेकिन मेरे
करोड़ों रूप हैं।

अहमपि नज़रानम्
अहमपि शुकरानम्
अहमपि हक़रानम्
च ज़बरानम् सर्वमन्यते।

भ्रष्टाचारी मजिस्ट्रेट
रिश्वतख़ोर थानेदार
इंजीनियर, ओवरसीयर
रिश्तेदार, नातेदार
मुझसे ही पैदा हुए
मुझमें ही समाएंगे,

पुरस्कार ये सारे मेरे हैं
मेरे पास आएंगे।

अचानक स्वर्ण गिद्ध
रजत बगुला, कांस्य कउआ
अपने-अपने पंख
फड़फड़ाने लगे,
नेताजी पर
फूल बरसाने लगे।

जूरी के मेंबरान पर भी
प्रसन्नता छाई,
उन्होंने मिलकर
ये आरती गाई–

अनेक रैली, अनेक थैली
अनेक ठाटम् च बाटम् अनेक।
अनेक दारा, अनेक दारू
अनके कुरसी च खाटम् अनेक।
अनेक बंगले, अनेक कोठी
अनेक फार्मम् च प्लाटम् अनेक।
अनेक डण्डम् अनेक गुण्डम्
अनेक लूटम् च पाटम् अनेक।
अनेक बदलम्, दलम् अनेक
अनेक थूकस्थ चाटम् अनेक।
अनेक चमचे, अनेक गुर्गे
अनेक चारण च भाटम् अनेक।
अनेक जिह्वा, अनेक जेबम्
अनेक मारम् च काटम् अनेक।

अनेक बिड़ला अनेक मोदी
अनेक टाटम् च बाटम् अनेक।

नोम् शिवरूपा डण्डानि नमो नमः
ब्रह्मरूपा गुण्डानि नमो नमः
सर्वोपरि हथकण्डानि नमो नमः

ओम् भ्रष्ट मिदं भ्रष्टमदम्
भ्रष्टात् भ्रष्टमुदच्यते,
भ्रष्टस्य भ्रष्टमादाय
भ्रष्टमेवावशिष्यते।

नोम् भ्रष्ट भ्रष्टं भ्रान्ति।

□

अस्पतालम् खंड-खंड काव्य

हुआ यों कि
खोपड़ी में निकल आई एक फुंसी,
मस्तिष्क में लगने लगी घुन-सी।

कविवर आदित्य बोले–
अशोक भोले!
खोपड़ी में ज्यों हथौड़ी,
फुंसी ये बनेगी फोड़ी।
साइज़ बढ़ेगा तुम नापते ही रहना,
ब्रह्मारंध्र की समस्त
शिराएं झनझना जाएंगी
फूटेगा जो फोड़ा तुम कांपते ही रहना,
सारी कविताएं बाहर
आ जाएंगी फूटने से
कुछ न बचेगा और विलापते ही रहना,
कवि-सम्मेलनों में
जाएंगे सारे ही कवि
और तुम प्यारेलाल टापते ही रहना।

तो साब!
जेब में डाली थोड़ी सी करेंसी
और पहुंच गए अस्पताल की इमरजेंसी।

फुंसी देखते ही डॉक्टर हंसे,
बोले–

औशोकजी खूब फौंसे!
फुंसी, ओ भी चुनमुन सी
एतना घौबरा गए,
ऐं, सीधे इमरजेंसिया में आ गए।
चौलिए
हम डाक्टर हूं
पर एक कौबिता सुनिए।

मैंने कहा–
मैं तो फुंसी दिखाने आया हूं।

वे बोले–
हम भी त कौबिता में
एक ही बताया हूं।
रोगी होगा पहला कौबी…
इंटर में प्रसाद पंत न पढ़े थे,
ऊ सब हमरी जबान पर चढ़े थे।
त हम कहे हैं–
रोगी होगा पहला कौबी
आह से उपजी होगी गान,
फूटकर फोड़िया से चोपचाप
बहा होगी कौबिता औनजान।
मौजा आया?
हम अब्बी तौत्काल बनाया।
यू नो, औशो जी!
फुंसी इज़ नाट ए मैटर
ऑफ अर्जेंसी,
ए है हस्पताल का एमरजेंसी।

इधर सीरियस मरीज ही आते हैं,
जो चीखते, चिल्लाते, डौकराते हैं।
बुक्का फाड़-फाड़ रोते हैं
छोटा-मोटा केस त
रजिस्टर नहीं न होते हैं।
फुड़िया, फुंसी, मवाद
खाज, ख़ुजली, दाद
इसका ओ.पी.डी.
आज हो चुका ऑलरीडी।
मंगल को होगा दुबारा,
टाइम नौ से बारा।
इंचार्ज है–डॉ. सरदाना,
उसको दिखाना।
चाहें तो हमरा रेफ़रेंस देना,
हमरा नाम है–
क्षीरसागर लाल बहादुर प्रसाद सिंह सक्सेना।

अब सुनिए मंगलवार का फ़साना
मिल तो गए डॉ. सरदाना
लेकिन जैसे ही दिया
डॉ. सक्सेना का हवाला,
उसके नेत्रों से बरसने लगी ज्वाला– कौन सक्सेना?

नर्स बोली–
सीनियर डॉक्टर के आगे
जूनियर डॉक्टर का नाम
कब्बी नईं लेना।

डॉक्टर ने फुंसी के
आयतन और क्षेत्रफल टटोले,
और खुंदक में बोले–
मिर्ची ज़्यादा खाते हो?

–जी, खाता हूं।

–ये चश्मा कितनी देर लगाते हो?

–जी, सोते वक़्त भी लगाता हूं।
सपने साफ़ नज़र आते हैं।

–सिर में चक्कर आते हैं?

–जी अकसर आते हैं।
जब-जब पढ़ता हूं
अपहरण की ख़बरें
निर्दोष लोगों के मरण की ख़बरें,
देखता हूं
भूख, बेरोज़गारी और
ग़रीबी के नज़ारे
और इस कमरतोड़ महंगाई के मारे
दर-दर ठोकर खाती
बिलखती ज़िंदगी,
हत्याएं, लूटपाट, दरिंदगी,
और इन सबके ऊपर
राजनीतिज्ञों की गंदगी,
डॉक्टर साहब,

चक्कर आते हैं,
खूब ज़ोर के चक्कर आते हैं।

डॉक्टर बोले–
हूंह,
कभी आंखों के आगे
अंधेरा सा होता है?

मैंने कहा–
होता है,
बिलकुल होता है डॉ. सरदाना,
आपने ठीक पहचाना।
जब-जब देखता हूं मज़हबी जुनून
सड़कों पर बहता हुआ
लाल लाल ख़ून
हर तरफ़ सुलगती हुई
धर्म की आंच
उग्रवादी लोगों की
हिंसा का नाच
भारत को लपेटे हुए
आफ़तों का घेरा
आंखों के आगे
छा जाता है अंधेरा।

–अच्छा, पेट में कीड़े हैं?

–पेट का नहीं मालूम
दिमाग़ में तो हैं।

वे बोले–
        यही तो हम कहें।
        प्रॉब्लम दिमाग़ में है।
        डरमौयड्सिस्ट इफ़ेक्टेड
        में बी डायबिटीज़ सेलेक्टेड
        फ़ौरन एक्स-रे कराओ,
        अच्छा,
        ज़रा इधर दिखाओ।
        सिर में बन सकता है ट्यूमर!

हमने पूछा–
        हक़ीक़त या ह्यूमर?

वे बोले–
        ये तो नसीब हैं तुम्हारे।
        टेस्ट कराने होंगे सारे
        पहले एक्स-रे, ब्लड, यूरिन
        बेरियत मील
        बायोप्सी के लिए फुंसी की कील
        बाद में अल्ट्रा साउंड और कैटस्कैन,
        हां,
        स्टूल-टेस्ट भी होगा जेंटिलमैन!

हमने कहा–
        स्टूल पर बैठे हैं
        एक टेस्ट तो यहीं कर लीजिए!

वे नर्स से बोले–
        इनकी तरफ़ ग़ौर कीजिए।

इन्हें स्टूल टेस्ट के लिए
ज़रूर बुलाएंगे,
पहले अपने स्टूल में
छेद कराएंगे।
नर्स, इन्हें ले जाओ,
नेक्स्ट को बुलाओ।

तो नर्स हमें कोने में ले गई
प्यार से
सबकुछ समझा दिया
विस्तार से।
हम अहसानमंद हो गए
उधर टेस्ट वाले सारे विभाग
ग्यारह बजे ही बंद हो गए।

अगले दिन इधर से उधर भागे,
कितनी ही लाइनों में लगे।
एक टेस्ट यहां
तो दूसरा फोर्थ फ्लोर पर,
एक्स-रे विभाग
अस्पताल के आख़िरी छोर पर।

लाइन लगाओ, लाइन लगाओ
लाइन लगेगी।
एक्स-रे नहीं होगा सिर्फ़ डेट मिलेगी।

चलिए डेट भी पाई
हफ़्ते भर बाद पहुंचे तो

मशीन ख़राब बताई।
अगली बार पता लगा
फ़िल्म ख़तम,
अब क्या कर लेंगे आप
क्या कर लेंगे हम!
लैब में पूछा–
    रिपोर्ट्स कहां हैं?
उत्तर मिला–
    यहां हैं
    पर तुमकूं नईं मिल पाएंगी
    सीद्दा ओ.पी.डी. जाएंगी।

ओ.पी.डी. कहता है–
    रिपोर्ट्स आईं नहीं
लैब कहती है–
    यहां से गईं

चलो वापस ओ.पी.डी. जाएं
ओ.पी.डी. में क्लर्क बोला–
    कितनी बार समझाएं?
    रिपोर्ट्स यहां नहीं आईं
    नहीं आईं बाबा,
    मैंने तुम्हारा कोई काग़ज़ नहीं दाबा।

हमने कहा–
    लैब तो कहती है···

    लैब तो कहती है···
    अरे लैब जो कहती है

आप उसी पर अड़े हैं,
फिर लैब में जाइए
यहां क्यों खड़े हैं?

अगले मंगल को डॉ. सरदाना
कहने लगे–
न्यूरोलॉजी में जाना।
केस ट्रांस्फ़र हो गया है तुम्हारा,
न्यूरो सर्जन है डॉ. हज़ारा।
रिपोर्ट्स भी वहीं हैं।

डॉ. हज़ारा बोले–
अशोकजी
रिपोर्ट्स में कुछ नहीं है।
मज़े से वापस जाइए
और टी.वी. पर
अच्छे-अच्छे कार्यक्रम दिखाइए।
लेकिन बाय द वे
ये टेस्ट कहां कराए थे?

हमने कहा–
यूरिन और स्टूल तो
यहीं अस्पताल लाए थे।

वे बोले–
ओह!
छोड़ दीजिए पैसों का मोह।
यहां की रिपोर्ट्स पर मुझे

कॉन्फ़ीडेंस नहीं है,
हमारी लैब के लिए
पानी-यूरिन में
कोई डिफ़रेंस नहीं है।
खर्चा तो होगा,
लेकिन टेस्ट बाहर कराएंगे
तभी डायग्नोस होगा।
चलिए दूसरा रास्ता बताते हैं,
फुंसी की बायोप्सी कराते हैं।
इट्स अ बेटर वे ऑफ़ इन्वेस्टीगेशन,
तो फ़्राइडे को होगा ऑपरेशन।

फ़्राइडे को
छुट्टी पर चले गए डॉ. हज़ारा,
किसी और को ही करना था
ऑपरेशन हमारा।
नए डॉक्टर हमें नहीं पहचानते थे,
हमें क्या,
निराला से नीरज तक
किसी को नहीं जानते थे।
हमने सोचा-
भले ही किसी को नहीं जानते होंगे,
पर टी.वी. देखते होंगे तो
हमें ज़रूर पहचानते होंगे।
पर क्या बताएं अपनी बदनसीबी,
जब पूछा-
सर, आप देखते हैं टी.वी.?

उत्तर मिला–
    सिर्फ़ न्यूज़!

हम हो गए फ़्यूज।
बेकार हो गया कहकहे में आना
बेकार गया मॉर्निंग ट्रांसमिशन चलाना।
अब काहे का कविसम्मेलन
काहे का संचालन
काहे की भोर तरंग
काहे की रंग तरंग
काहे का अपना उत्सव
काहे का भारत महोत्सव
व्यर्थ गए सबके सब,
ये हमारे फोड़े पर चलाएंगे आरी,
फोड़े से पहले ही फूट गई
क़िस्मत हमारी।

रूह सकपकाई
तभी आवाज़ आई–
    लोकल एनेस्थीसिया दें
    या जनरल लगाएं?

अब भला हम कैसे बताएं–
    ये तो आपकी प्रॉब्लम है!

वे बोले–
    दरअसल, जनरल के लिए
    ऑक्सीजन कम है।

चलो काम को आगे बढ़ाते
आधा जनरल आधा लोकल
लगाते हैं।

हमने फोड़ा थामा,
अजीब है ड्रामा।
आधा जनरल, आधा लोकल
आधा मौन, आधा वोकल
आधा धुंधला, आधा फ़ोकल
आधा सुन्न, आधा सन्नाटा,
जैसे बिना आवाज़ का चांटा।

डॉक्टर नया है
हम भांप रहे थे,
क्योंकि हाथ में औज़ार
कांप रहे थे।
आत्मा हो गई अधीरा
लगने ही वाला था चीरा
कि अचानक
भाग्य खुल गए हमारे,
ऑपरेशन थिएटर में
एक प्रोफ़ेसर पधारे।
सौम्य मुख,
ममता भरी शांत छवि,
खुश हो गया कवि
दुग्ध धवल वस्त्रों में
गोया करुणा का, दया का
साक्षात् पुतला हो,

ये चीरा लगाएं
तो कितना भला हो।

फोड़े पर उन्होंने
स्नेह से हाथ फेरा
लगा जैसे छंट गया अंधेरा।
पहने दस्ताने,
तो हम लगे हरषाने।
अब कुछ नहीं होगा नाजायज़,
तभी वे जोर से बोले–
कमॉन बॉयज़।

आंखें खोलते ही बढ़ गई टीस
क्योंकि अगले ही क्षण
पलंग के चारों ओर
कम-से-कम बीस
मेडिकल छात्र थे,
हम उनके प्रयोगों के
इकलौते पात्र थे।

प्रोफ़ेसर बोले–
  लिसन डीयर!
  एक्स-रे इज़ नॉट वेरी क्लीयर।
  तुमको पता लगाना है
  और बारी-बारी से बताना है
  कि फोड़े में क्या है?
  केस बिलकुल नया है।

किसी ने सहलाकर देखा
किसी ने टटोलकर,
किसी ने मसलकर देखा
किसी ने तौलकर।
सबके सब फोड़े को
तरह-तरह से दबाएं,
अपनी हालत हम कैसे बताएं!
खोपड़ी में बज रहे थे
पीड़ा के नगाड़े,
हम अंदर-ही-अंदर दहाड़े।
पर वाह रे आधा लोकल
आधा जनरल एनेस्थीसिया,
किसी ने अंदर की दहाड़ पर
ध्यान ही नहीं दिया।
दर्द हम सह नहीं पा रहे थे,
पर मज़ा ये कि
कुछ कह नहीं पा रहे थे।

एक बोला–
    सर, इसमें पानी है।
दूसरा बोला–
    पस है।
तीसरा बोला–
    कैंसर है।
चौथा बोला–
    टिटनस है।

प्रोफ़ेसर बोले–
    फ़ालतू की बहस है।

ये क्या है,
ये जानने के लिए
हम थोड़ा वेट करेंगे,
कमॉन, इसे ऑपरेट करेंगे।
ए बॉय, तुम्हारा ध्यान किधर है?

सहमते हुए लड़का बोला–
सर,
ये आदमी अशोक चक्रधर है।
कविताएं सुनाता है,
टी.वी. पर आता है।

प्रोफ़ेसर ने लगाई डांट–
सो व्हाट, सो व्हाट।
क्या फ़र्क पड़ता है
कि ये आदमी है, कवि है
मेढक है या कीड़ा-मकोड़ा है,
हमारे लिए सिर्फ़ एक फोड़ा है।

अब पता नहीं
किसने औज़ारों की ट्रॉली खेंची,
किसने चलाई कैंची।
किसने फेरा चाकू
एक अकेली जान
और इतने हलाकू।
कहां हो डॉ. हज़ारा
इन कसाइयों ने मारा।

प्रोफ़ेसर कह रहे थे–
जो भी रिपोर्ट जल्दी लाएगा,
स्पेशल मार्क्स पाएगा।
स्टिचिंग कर देना''

कहकर चले गए,
हमने सोचा भले गए।
चलो पीड़ाओं का अंत हुआ,
लेकिन सिलसिला अनंत हुआ
एक छात्र बोला–
स्टिच कर दे,
दूसरा बोला–
गांज़ भर दे,
तीसरा बोला–
मैं क्यों भरूं तू भर,
चौथा बोला–
जा साले मर!
पांचवां बोला–
आई कांट वेट,
छठा बोला–
मेरी है कन्या के साथ डेट।
सातवां बोला–
मुझे तो नहाना है,
आठवां बोला–
मुझे पिक्चर जाना है,
नौवां बोला–
साले, बहाना बनाता है,
दसवां बोला–

मुझे स्टिच करना नहीं आता है।
ग्यारहवां बोला—
मैं तो लैब जाऊंगा,
बारहवां बोला—
मैं क्या कम नंबर लाऊंगा?
तेरहवां बोला—
कर दे, कर दे
वरना इसकी तेरहवीं हो जाएगी।

अगला बोला—
तो कौन सी
आफ़त आ जाएगी?
अच्छा है, हास्य कवि को देखने
हास्य कवि आएंगे,
इसकी मौत पर
हास्य कविताएं सुनाएंगे।

एक बोला—
साला कोई नहीं आएगा
न कोई कविताएं सुनाएगा
सब साले एक दूसरे से
जलते हैं,
हम तो चलते हैं।

एक के पीछे एक छात्र दौड़ा,
खुला का खुला रह गया फोड़ा।
दर्द था फ़ुल वॉल्यूम में,
लाए गए रिकवरी रूम में।

छटपटाए और बड़बड़ाए–
हाय कविता–कविता
कविताएं निकल गईं,
ढक्कन तो लगा दो!

एक नर्स दूसरी से बोली–
इसे होश आ गया है, जगा दो।
लेकिन कविता–कविता
क्या बोलता है रोगी?

दूसरी हंसी–
इसकी गर्ल फ्रेंड होगी।...
ए मैन! उट्ठो
यहां दूसरा पेसेंट आइंगा,
तुमारा सात कौन है
कइसे जाइंगा?
हमने कहा–
घाव तो भर दो!
पहली बोली–
नहीं, छुट्टी कर दो।
दूसरी समझाए–
इतना बरा डॉक्टर
उसने तुमारा फोरा
अगर खुला छोरा
तो भाई, इसमें भलाई!
उट्ठो–उट्ठो।

सहारा देकर ज़बरदस्ती उठाया
और बाहर का रास्ता दिखाया।

बाहर आकर रह नहीं पाए खड़े
कटे पेड़ की तरह गिर पड़े।
ओऽम् भूर्भुवः स्वाहा…
हम जिस पर गिरे,
अब वो कराहा।
बोला–
    तुमसे पहले यहां डाला गया हूं,
    रिकवरी रूम से निकाला गया हूं।

मंगल का दिन बड़ा अमंगल था,
हर तरफ कराहों का जंगल था।
लॉन में मरीज़ ही मरीज़ थे,
हम भी अजीब चीज़ थे।
जहां बैठे, वहीं पर लेटी थी एक लाश,
साथ में एक आदमी था हताश।
पूछा–
    ये मर गया,
    तुम रो नहीं रहे?

उत्तर मिला–
    कोई क्या कहे!
    हमारे सारे आंसू ख़त्म हो चुके हैं,
    अस्पताल की हालत पर
    हम पहले ही बहुत रो चुके हैं।

अचानक घंटियां सी बजीं
मुर्दे के शरीर में,
संस्कृत सुनाई पड़ी

उसकी तक़रीर में–
अस्पतालं अति विशालं विचित्र हालं पायेभ्य हम
लंब क्यूयं, दृश्य न्यूयं, अभिमन्यूयं बनायेभ्य हम
धक्कमुक्कं, हक्कबक्कं, सर्व दुक्खं पायेभ्य हम
अस्पतालं, अतिमलालं, अंतकालं पछतायेभ्य हम
ओऽम् नमो नमः!
मैं मरा भी कहां!

इतना कहकर मुर्दा मौन हो गया,
स्वर्ग में गो वेंट गॉन हो गया।
तभी पता लगा
मुआयने के लिए मंत्रीजी आ रहे हैं,
ज़िंदे-मुर्दे सब हटाए जा रहे हैं।
हम भी लड़खड़ाते हुए भगे,
एक डिस्पेंसरी पर जाकर लगे।
निवेदन किया–
भैया अहसान कर दो,
भयंकर पीड़ा है
घाव तो भर दो।

कंपाउंडर झल्लाया–
तुम जैसे लोग तो
बेमौत मरते हैं।
मुफ़्त में
अस्पताल को बदनाम करते हैं।
पहले नहीं दिखाते हैं
हालत जब बिगड़ जाती है
तब आते हैं।

जाओ–जाओ।
कहीं और दिखाओ।

दर्द के मारे अटकी हुई जान थी,
पास में ही दवाइयों की दुकान थी।
दर्द की एक गोली ख़रीदी,
आंखें होने लगीं उनींदी।
खोपड़ी में चक्कर आएं,
मन हुआ यहीं पर पसर जाएं।
पर लेटने का कहां ठिकाना था,
मंत्रीजी को भी
आज ही आना था।

अचानक एक वार्ड–बॉय आया
कान में फुसफुसाया–
लेटोगे?

हमने कहा–
लेटेंगे?

बोला–
दस रुपए घंटे लगेंगे।

हमने कहा–
देंगे।

फिर पता नहीं किसे पटककर
वो एक स्ट्रेचर लाया,

हमें गाड़ी पर चढ़ाया।
नाक में रुई लगाई,
ऊपर से सफ़ेद चादर ओढ़ाई।
इधर-उधर देखा मौक़ा,
और गाड़ी को सीधे
मॉरचुरी (मुर्दाघर) रोका।

अंदर जाकर एक ड्रॉअर खोला
और बोला–
    आराम से लेट जाओ
    मुर्दाघर एअरकंडीशंड है,
    देखो यहां कैसी प्यारी ठंड है!
    यहां हर दड़बे में
    एक-एक डेड-बॉडी बंद है,
    डिस्टरबेंस नईं, आनंद ही आनंद है।

यहां बड़ी राहत मिली
बाहर तो आफ़त मिली।
कैसी तरावट, कैसी शांति
कितना सुकून है,
दर्द भी थोड़ा न्यून है।
तभी बग़ल में कोई कराहा,
उठकर देखना चाहा।
घिग्घी बंध गई–
    क्या मुर्दे बोल रहे हैं?

उत्तर मिला–
    हम दड़बा खोल रहे हैं।

हमने पूछा–
    ज़िंदा है या मुर्दा!
    और अगर ज़िंदा है
    तो यहां किसलिए है?

उत्तर मिला–
    हमने भी दस रुपए घंटे दिए हैं।

तभी क्षीरसागर लाल बहादुर प्रसाद सिंह सक्सेना
मुर्दाघर में घुसे,
कोट उतारा, अंगड़ाई ली
और हौले-हौले हंसे।
एक ड्रॉअर खोली और सो गए,
देखकर हम धन्य हो गए–
वाह रे अस्पताल!
तुझे नमन है
तू तो चैन का चमन है।
मौत का गुलिस्तान है,
सर्वश्रेष्ठ स्थान है,
और हमारा देश
सचमुच महान है,
जहां मुर्दे तो चैन से
एअरकंडीशंड रूम में सो रहे हैं
और करोड़ों लोग
अपनी ज़िंदगी
सलीब की तरह ढो रहे हैं।

□

हंसो और मर जाओ

ये हंसी भी चीज़ करामाती है,
आती है तो आती है
नहीं आती है तो
नहीं आती है।
आप कोशिश करते रहिए
हंसाने की
नहीं आएगी,
और आएगी
तो बिना बात की बात पर
आ जाएगी।

एक साहब
जो हर किसी को
हंसाने का
दम भर रहे थे,
एक बार
एक गैंडे को
गुलगुली कर रहे थे।
बहुत प्रयास किया
लेकिन गैंडा
मुसकरा के भी नहीं दिया।
हाथ भर गुलगुली पर
एक इंच नहीं हंसा,
तो सामने वाले ने
ताना कसा–

बड़ा दम भरते थे
बड़ी ताल ठोकते थे
बड़ा अहंकार दिखाया,
पर गैंडा तो
ज़रा भी नहीं मुसकराया।

तो साब,
जैसे-तैसे
उन्होंने झेंप मिटाई,
बोले–
खाल मोटी है न भाई!

और हैरत की बात ये
कि इस बात पर
गैंडा मुसकरा दिया,
हमने कहा–
मियां!
ये हंसी भी
चीज़ करामाती है,
आती है तो आती है
नहीं आती है
तो नहीं आती है।

और जब आती है
तो रोके नहीं रुक पाती है।
दबाने की हर कोशिश
नाकाम हो जाती है।
होंठ भले ही सी लो

मगर चेहरे पर
आंखों में
अदाओं में
झिलमिलाती है।
ये हंसी
अपना शिकंजा
कुछ ऐसा कसती है,
मुंह-दांत भींच लो
तो तोंद हंसती है।
जानवर और इनसान में
अंतर यही है
कि आदमी के पास
हंसी है
जानवर के पास नहीं है।
और इसलिए
मेरा ये
पुख़्ता बयान है
कि जो नहीं हंसता
वो जानवर-समान है।

दोस्तो,
हंसी बहुआयामी है,
जिगर, फेफड़े, आंत
यकृत, तिल्ली,
गुर्दे, पसली, पेट की झिल्ली,
इन सबके लिए
व्यायामी है।
जो अट्टहास करते हैं

उनके तो
हाथ-पैर पाचन-तंत्र
सबकी
मशक्कत हो जाती है,
जो मनहूस हैं
उन्हें कब्ज़ की
दिक़्क़त हो जाती है।
पर सवाल तो यही है
कि हंसी
आती है तो आती है
नहीं आती है
तो नहीं आती है।

ये हंसी
एक चमत्कार है,
सवाल फिर भी है
कि ये हंसी
क्या चीज़ आख़िरकार है?
क्या सिर्फ़
चेहरे के भूगोल में
होंठों का प्रसार है,
नहीं-नहीं-नहीं
ये बिना साबुन के
सफ़ेदी की चमकार है।
पिताजी हंसें
तो फटकार है
दुश्मन हंसें
तो कटार है

पति हंसे
तो पुचकार है
बीवी हंसे
तो पुरस्कार है
हीरो हंसे
तो झंकार है
षोडशी हंसे
तो बहार है
प्रेमिका हंसे
तो इज़हार है
प्रेमी हंसे
तो फुहार है
पागल हंसे
तो विकार है
विलेन हंसे
तो हाहाकार है
पड़ोसी हंसे
तो प्रहार है
ओ हंसी,
'तू धन्य है
तुझे धिक्कार है'!
क्योंकि
जहां नहीं आनी चाहिए
वहां आने में
नहीं लजाती है,
एक पल को आकर
महाभारत कराती है।
ओ हंसी,

तू चीज़ करामाती है,
आती है तो आती है
नहीं आती है
तो नहीं आती है।

हंसी
एक छूत का रोग है,
हंसी
एक सामूहिक भोग है।
तुम हंसोगे
तो तुम्हारे साथ हंसेगा
पूरा ज़माना,
रोओगे
तो अकेले में पड़ेगा
आंसू बहाना।

यों कभी-कभी
हंसी भी आती है
अकेले में,
जैसे सोचो कि
हंसी छिलके में है
या केले में!
ये हंसी
कुछ ऐसी होती है
जैसे
मसाला करेले में।

अपने ऑफ़िस में
अकेले बैठे

ब्रह्माजी
एक बार
ढूंढ़ रहे थे लेखनी,
क्योंकि
अशोक चक्रधर की फ़ाइल
बंद करके
सुरेंद्र शर्मा की थी देखनी।
बहुत ढूंढ़ी
बहुत ढूंढ़ी
नहीं मिली,
पर उस एकांत में
अचानक
उनकी बत्तीसी खिली,
क्योंकि लेखनी लगी थी
उनके कान पर
और
हम यह सोचकर
बलिहारी हैं
ब्रह्माजी की मुसकान पर
कि हंसी आती है
अपनी भूल पर,
हंसी
ब्याज पर आती है
न कि मूल पर।
इसलिए
वो हंसी अच्छी
जो अपने पर आए
वो हंसी अधम
जो किसी को सताए।

लोग अकसर हंसते हैं
कि सामने वाला शख़्स
ऐंचकताना है,
लूला है
लंगड़ा है
काना है।
अगर उसकी जगह
तुम होते
तो सोचो
कि हंसते या रोते!
कमज़ोर पर हंसने में
आपकी धाक नहीं है,
मज़ाक करना
कोई मज़ाक नहीं है।

तो सबसे अच्छी हंसी वो
जो अपने पर
दूसरों को हंसाए,
वो हंसी क्या
जो निर्बल का
कलेजा जलाए।

अच्छा,
कभी-कभी
उस हंसी पर हंसी आती है
जो हंसी आती है देर से,
कभी-कभी
हंसी आती है

शब्दों की उलट-फेर से
हंसी आई
क्योंकि शब्दों का प्रयोग
कहीं का कहीं था,
शेयर में घोटाला क्यों हुआ
क्योंकि घोटाले में
शेयर बराबर नहीं था।

अपने ऊपर इसलिए हंसो
कि तुमने दुनिया को नहीं समझा,
दुनिया पर इसलिए हंसो
कि दुनिया ने
तुम्हें नहीं समझा।
अपनी भूलों पर इसलिए हंसो
कि सुधार नामुमकिन है,
अपनी कामनाओं पर
इसलिए हंसो
कि पूरी नहीं होंगी।
मोहियों पर इसलिए हंसो
कि मोह झूठा है,
द्रोहियों पर इसलिए हंसो
कि द्रोह झूठा है।

हंसो तो सच्चों जैसी हंसी,
हंसो तो बच्चों जैसी हंसी।
इतना हंसो कि तर जाओ
हंसो और मर जाओ।

ऐसी हालत में
कभी मत हंसना
जब नाई के हाथ में
उस्तुरा हो,
सामने वाले के पास छिलका
और तुम्हारे पास
संतरा हो।
मत हंसना
जब पोलिंग बूथ पर
बुर्के में आदमी
लगा रहा हो ठप्पा,
या तब जब
कन्या के मुंह में
हो गोलगप्पा।

करुणा, वात्सल्य,श्रृंगार, अंगार
बीभत्स, भयानक, अद्‌भुत, अचानक
सारे मनोभावों में
भ्रांति ही भ्रांति है,
एक केवल हास्य है
जिसमें विश्व-शांति है।

हंसी एक फटे दिल के लिए
मुहब्बत की पाती है,
पर समस्या यही है कि
कंबख़्त आती है तो आती है,
नहीं आती है
तो नहीं आती है।

□

मिन्नतें कीं बहुत

अर्ज़ियां ले गए
किंतु
टाली गईं,
मिन्नतें कीं बहुत
किंतु
ख़ाली गईं।

पीर रूठे हुए
क्यों
नज़र आते हैं
चादरें तो
मज़ारों पे डाली गईं।

ताल में
क्यों नहीं
दीखतीं मछलियां
गोलियां चून की तो
उछाली गईं।

झुनझुना-सा
बजाते थे
बच्चे जिन्हें,
वो सभी गुल्लकें
तोड़ डाली गईं।

बंद दड़बे में
ज्यों
चुग रहीं मुर्ग़ियां,
लड़कियां भी
इसी भांति पाली गईं।

हाथ का कौर
बस
हाथ में रह गया,
थालियां
सामने से
हटा ली गईं।

मिन्नतें कीं बहुत
किंतु
टाली गईं।

□

फूलों से शर्मिंदा

क्या बतलाऊं
सुविधाओं में
कैसे-कैसे
ज़िंदा हूं,
गुलदस्ते में
फूल सजाकर
फूलों से
शर्मिंदा हूं।

कोठी भी है
गाड़ी भी है
रोटी भी है
मक्खन भी,
किस मुंह से
कहता हूं सबसे
मुफ़लिस का
कारिंदा हूं।

ख़ुश होते हैं
जब मिलते हैं
कौली भी
भर लेते हैं,
मुड़ते ही जो
आए लबों पे
मैं अपनी ही
निंदा हूं।

दो सारस
कछुए को लेकर
नभ में
उड़ने वाले थे,
एक नहीं राज़ी
मैं सहमत
दूजा
मूक परिंदा हूं।

इस माथे पर
शिकनें लाखों
कुछ अपनी
कुछ दुनिया की,
जिसके दोनों ओर
नदी हों
उस तट का
बाशिंदा हूं।

उलझनें तो
शायर को
बहुत थीं
कैसे मुकम्मल
हो ये ग़ज़ल,
जिसको वो
न निकाल सका
मैं ऐसा शेर
चुनिंदा हूं।

क्या बतलाऊं
सुविधाओं में
कैसे-कैसे
ज़िंदा हूं?

□

सद्भावना गीत

गूंजे गगन में,
महके पवन में,
हर एक मन में।
—सद्भावना।

मौसम की बांहें, दिशा
और राहें,
सब हमसे चाहें।
—सद्भावना।

घर की हिफ़ाज़त,
पड़ोसी की चाहत,
हरेक दिल को राहत।
—तभी तो मिले,

हटे सब अंधेरा,
ये कुहरा घनेरा,
समुज्ज्वल सवेरा।
—तभी तो मिले।

जब हर हृदय में,
पराजय-विजय में,
सद्भाव लय में।
—हो साधना।

गूंजे गगन में,
महके पवन में,
हर एक मन में।
—सद्‌भावना।

समय की रवानी,
फतह की कहानी,
धरा स्वाभिमानी।
—जवानी से है।

गरिमा का पानी,
ये गौरव निशानी,
सुखी ज़िंदगानी।
—जवानी से है।

मधुर बोल बोले,
युवा मन की हो ले,
मिलन-द्वार खोले।
—संभावना।

गूंजे गगन में,
महके पवन में,
हर एक मन में।
—सद्‌भावना।

हमें जिसने बख्शा,
भविष्यत् का नक़्शा,
समय को सुरक्षा।
—उसी से मिली।

ज़रा कम न होती,
कभी जो न सोती,
दीये की ये जोती।
—उसी से मिली।

नफ़रत थमेगी,
मुहब्बत रमेगी,
ये धरती बनेगी।
—दिव्यांगना।

गूंजे गगन में,
महके पवन में,
हर एक मन में।
—सद्भावना।

मौसम की बांहें, दिशा
और राहें,
सब हमसे चाहें।
—सद्भावना।

□

चिड़िया की उड़ान

चिड़िया तू जो मगन, धरा मगन, गगन मगन,
फैला ले पंख ज़रा, उड़ तो सही, बोला पवन।
अब जब हौसले से, घोंसले से आई निकल,
चल बड़ी दूर, बहुत दूर, जहां तेरे सजन।

वृक्ष की डाल दिखें
जंगल-ताल दिखें
खेतों में झूम रही
धान की बाल दिखें
गांव-देहात दिखें, रात दिखे, प्रात दिखे,
खुलकर घूम यहां, यहां नहीं घर की घुटन।
चिड़िया तू जो मगन…।

राह से राह जुड़ी
पहली ही बार उड़ी
भूल गई गैल-गली
जाने किस ओर मुड़ी
मुड़ गई जाने किधर, गई जिधर, देखा उधर,
देखा वहां खोल नयन, सुमन-सुमन, खिलता चमन।
चिड़िया तू जो मगन…।

कोई पहचान नहीं
पथ का गुमान नहीं
मील के नहीं पत्थर
पांव के निशान नहीं

ना कोई चिंता-फिकर, डगर-डगर, जगर-मगर,
पंख ले जाएं उसे बिना किए कोई जतन।

चिड़िया तू जो मगन, धरा मगन, गगन मगन,
फैला ले पंख ज़रा, उड़ तो सही, बोला पवन।
अब जब हौसले से, घोंसले से आई निकल,
चल बड़ी दूर, बहुत दूर, जहां तेरे सजन।

राम राम राम!/१९९३

सृष्टि का परमपिता है एक
नाम रख डाले किंतु अनेक
वही है राम, वही अल्लाह
वही है ख़ुदा, वही है गॉड
वही है कृष्ण, वही क्राइस्ट
बनाया अपना-अपना इष्ट
सभी ने दिया प्रेम-संदेश
मगर क्यों झुलस रहा ये देश
न जाने क्या होगा अंजाम?
धर्म के नाम, ये क़त्लेआम!
राम राम राम!

धुआं ही धुआं, लपट ये चीख
ज़िंदगी मांग रही है भीख
नाचते चाकू छूरे कृपान
मुड़े हैं उधर, जिधर इंसान
घृणा की आग, हवस का शोर
सुनाई देता है हर ओर
ख़ुदा के बंदो, मनु-संतान
अगर प्यारा है हिंदुस्तान
लगाओ इस पर शीघ्र विराम।
धर्म के नाम, ये क़त्लेआम!
राम राम राम!

जिन्होंने किए हृदय वीरान
छीन ली अधरों से मुसकान

किया है वातावरण ख़राब
पी रहे हैं जो लहू-शराब
नहीं आती है जिनको शर्म
नहीं है उनका कोई धर्म
करी मानवता लहूलुहान
नहीं वे क़तई नहीं इंसान
करें उनकी कोशिश नाकाम।
धर्म के नाम, ये क़त्लेआम!
राम राम राम!

कहो आदम का मनु का वंश
सभी में एक ईश का अंश
सभी में एक ख़ुदा का नूर
सभी इंसान, सभी भरपूर
करे मानव से मानव प्यार
बने यह धरती एक परिवार
यही प्रत्येक धर्म का मर्म
यही कहता है हिंदू धर्म
यही तो कहता है इसलाम।
धर्म के नाम, ये क़त्लेआम!
राम राम राम!

□

डबवाली शिशुओं के नाम

आरज़ू, बंसी-एक साल!
निशा, अमनदीप, गुड्डी-दो साल!
मीरा, एकता, मरियम-तीन साल!
रेशमा, भावना, नवनीत-चार साल!
गोलू, गिरधर, बॉबी-पांच साल!
अवनीत कौर, हुमायूं-छः साल!
राखी, विक्टर, सुचित्रा-सात साल!
अंकित, दीपक, रेहाना-आठ साल!
नौ साल के हीबा और विवेक!
और भी अनेकानेक...

डबवाली के बच्चो!
हम समय के सामने
सभी सवाली हैं,
डबवाली की आंखें
डब डब वाली हैं।
अख़बार में मैंने पढ़ी
पूरी मृतक सूची,
अंतरात्मा कांप गई समूची।
अस्तित्व अग्नि में समो गया,
तीन मिनट में तो
सबकुछ हो गया।
बसंत आने से पहले
बस अंत आ गया,
कोंपलों पर क़यामत का

पतझर कहर ढा गया।
आसमान से आग बरसी
और तुम
आसमान में चले गए,
हम अपनी ही भूलों से छले गए।

वापस लौट आओ बच्चो!
सच्चे दिल से पुकारता हूं
वापस लौट आओ बच्चो!
पूरे दिन
उपवास किए लेता हूं,
चलो पुनर्जन्म में
विश्वास किए लेता हूं।

तो लौटो
आज की रात से पहले,
लेकिन एक शर्त है कि कोख बदले।
बात को समझना कि
कही है किस संदर्भ में,
मसलन हुमायूं लौट आए,
किसी हिंदू मां के गर्भ में।

हुमायूं! जब तू
मुसलिम चेतना के साथ
किसी हिंदू घर में पलेगा,
तब तुझे
क़ुरानख़ानी और अज़ान का स्वर
नहीं खलेगा।

तू एक ओर
अपने सनातन धर्म को
आदर देगा,
तो साथ में
पीरों को भी चादर देगा।

प्यारी रेहाना!
तू किसी सिख मां की
कोख में आना।
गुरुग्रंथ साहब तुझे
नई रोशनी देंगे,
कि हम सब जिएंगे
न कि लड़ेंगे मरेंगे।

बंसी, दीपक, सुचित्रा, भावना!
तुम ईसाई या मुसलिम माताएं तलाशना।
ताकि वहां हिंदू चेतना के
दीपक का उजाला हो,
बंसी की तान पर
तस्बीह की माला हो।
भावना हो कुल मिलाकर प्यार की,
इसीलिए मैंने तुम सबसे गुहार की।
ओ विक्टर, विक्की, हीबा, हुमायूं
अवनीत, नवनीत, रेहाना, राखी और
एकता कौर!
नए घर में आकर
भले ही मत्था टेकना
बपतिस्मा कराना, जनेऊ धारना

या तुम्हारा अक़ीका हो, सुन्नत हो,
पर दूसरे धर्मों के लिए
आदर लेकर जन्मना
ताकि भारत एक जन्नत हो।

अजन्मे शिशुओ!
तब तुम बड़े होकर
लाशें नहीं पाटोगे,
हर-हर महादेव
अल्ला हो अकबर
सत सिरी अकाल
बोले सो निहाल
ऐसे या इन जैसे नारों में
बस इनसानियत ही तलाशोगे।

भारत-भूमि पर आनेवाले
अजन्मे शिशुओ!
भ्रूण बनने से पहले
थोड़ी सी अकल लो,
जहां भी हो
मौका पाते ही निकल लो।
पुनर्जन्म के संदर्भ बदल लो,
धर्मों से धर्मों के मर्मों को जोड़ना है
इस नाते फ़ौरन गर्भ बदल लो।

□

बग्गा का मग्गा

बाबू बांके बिहारी बग्गा,
बालटी से
डाल नहीं पाते हैं
ठंडे पानी का
पहला मग्गा।

नहाना तपस्या है,
विकट समस्या है।
अजीब टंटा!
नहाने में लगाते हैं
पूरा एक घंटा।

घनाकार
स्नानागार।
शाश्वत परंपरानुसार–
श्रमजन्य पसीनायित
धुलने को लालायित
वस्त्रों को
क्रमशः उतारते हैं,
धुंधले शीशे के समक्ष
शीश और वक्ष
निहारते हैं।
दर्पण छोटा क्यों लगवाया
स्वयं को धिक्कारते हैं।

बिना बात खंखारते हैं,
फिर बालटी सरकाकर
आदिम स्वरूप में
पटले पर पधारते हैं,
मग्गा उठाते हुए
नहाने का
पुनर्संकल्प धारते हैं।

लेकिन
बाबू बांके बिहारी बग्गा,
डाल नहीं पाते हैं
ठंडे पानी का
पहला मग्गा।

आर्कमिडीज़ के सिद्धांत की
पुष्टि के लिए
बालटी के
लबालब जल में
पहले आधा
फिर तनिक ज़्यादा
मग्गा डुबाते हैं,
उतना ही पानी
बाहर गिरता हुआ पाते हैं।
संतोष होता है
कि आर्कमिडीज़ ठीक था
लेकिन वर्तमान में
कन्याओं का
मिडीज़ पहनना ग़लत है।

लड़कों में
जो नशाख़ोरी की लत है
वो भी ग़लत है।
बॉस के मन में
ख़ास उन्हें लेकर
जो ग़फ़लत है
सो भी ग़लत है।

अब किसे कोसें
कोई बात नहीं सूझती है,
अचानक बाथरूम में
लोकसभा स्पीकर
पी.ए. संगमा की
आवाज़ गूंजती है–
    अटेंशन!
    बिहेव योरसेल्फ!
    ध्यान रखिए
    पूरा देश आपको देख रहा है।

'पूरा देश आपको देख रहा है!'
बग्गा स्वयं को
घुटनों में घबराकर समेटते हैं।

'पूरा देश आपको देख रहा है!'
हड़बड़ाकर तौलिया लपेटते हैं।

'पूरा देश आपको देख रहा है!'
लज्जावश

पैर के अंगूठे से
फ़र्श का पलस्तर
खरोंचते हैं।

'पूरा देश आपको देख रहा है!'
एकाएक सोचते हैं–
यह तो उन्होंने
संसद् में सांसदों से कहा,
बग्गा, तू क्यों घबराया
यार तू तो नहा।

ज़रा सोच
सांसदों को
संसद् में
सरेआम
शर्मो-हया उतार फेंकना
नहीं कसकता,
तू अपने ही बाथरूम में
तौलिया भी नहीं उतार सकता?

लानत है!
तेरा शरीर तो तेरी अमानत है।
बैठ जा
और चैन से नहा,
ख़बरदार संगमाजी
जो बाथरूम में मुझसे कुछ कहा!

फिर बालटी में
डुबाते हैं तर्जनी,

नख-शिख तक कौंधती है
सिहरन की सनसनी।

सोचते हैं–
ऐसी सिहरन तो···
तब हुई थी
जब
एक औरत जली थी
तंदूर में,
ऐसी सिहरन तो
तब हुई थी
जब
जमराज बर्फ़ जीम गई
जनों को
अमरनाथ यात्रा सुदूर में।

ऐसी सिहरन
तब होती है
जब रेलगाड़ी में
डाकुओं से जूझता
इंस्पेक्टर अभय कुमार
मारा जाता है,
ऐसी सिहरन
तब होती है
जब तीन छोटी बेटियों का
सहारा जाता है।
ऐसी सिहरन तो
तब होती है

जब मौत
मर्सीलेस मेसेज
पेज कर देती है,
ऐसी सिहरन तो
तब होती है
जब रेड लाइन या ब्लू लाइन
लाइफ़ लाइन को ही
इरेज़ कर देती है।

ऐसी सिहरन तो
तब होती है
जब हत्या आत्महत्या के
हादसे होते हैं,
पर हंसी आती है
जब रिश्तेदार रोते हैं।
...चलो छोड़ो
हमें क्या
हम तो
पहले पैर धोते हैं।

मग्गा
झुककर
जब नीर के करों से
बग्गाजी के पैर छूता है
तो शरीर में व्यापती है
एक फुरफुरी,
जैसे गांव के झुरमुट से
झांकती झुनिया की

झलक की झुरझुरी।
जैसे
आम के बगीचे के पीछे
सरसों के खेत के
गलीचे में
मास्साब की
नीम की संटी,
शीतल नीर
कुछ ऐसा ही करंटी।

अब नीम की
दातुन कहां?
पेस्टों और ब्रशों के
असुरक्षा-चक्र हैं,
ऋषियों-मुनियों द्वारा अप्रूव्ड
हल्दी चंदन के
मैजिक फ़ॉर्मूलों के
हो जा तरोताज़ा
विज्ञापन वशीकरण वक्र हैं।
मुख की दुर्गंध
दूर करने की मदिराएं
शुद्ध गंगाजल से बने साबुन
बाथरूम में सैटेलाइट मार्केट
सेल्यूलर फ़ोन हैं,
जरासीमों की रक्षा करने वाले
आफ़्टरशेव कोलोन हैं।
चर्म भले ही नर्म न हो
पर दिमाग़ गरम पाते हैं

मिस्टर बग्गा,
बेचारी बालटी
मायूस मग्गा।

अब वे साहसपूर्वक
मग्गे को
पुनर्पुनर्जलमग्न करते हैं
एक···
दो···ओ ओ
त त तीन···
चार···
पर लाचार।

लाचार है आदमी
महंगाई के आगे,
क़ीमतें
कसकर पकड़े हुए हैं
चीज़ों के पीछे
कैसे भागे ?

फ़िलहाल तो नहाना है,
फिर ऑफ़िस जाना है।
पर नहाने से अच्छी है
आतंकवादी की गोली,
एक झटके में
मौत होनी थी, हो ली।
पर शिख से नख तक
जल का जाना!
कष्टपूर्ण नाहक नहाना!!

चलो
नाख़ून काटते हैं।
...पर
उन नाख़ूनों को
कैसे काटें
जो गड़े हैं
देश की छाती में?

'गंदे नाख़ूनों वाला हाथ
बन्नी में डाल के
भ्रष्ट कर दिया अचार'–
पत्नी डांटे!
वाह रे भ्रष्ट अचार!
वाह रे भ्रष्टाचार!!

वाह री आज़ादी!
तूने कर दिया कमाल,
वाह रे पचास साल!
वाह-वाह राजनैतिक स्वयंभू,
वाह-वाह उनकी चाल!!

अचानक ग़ुसलख़ाने में
कॉकरोच का रूप धरकर
भूचाल आया,
अफ़रा-तफ़री सी मचाकर
पटले में समाया।

धड़कनों में
धक्का सा लग्गा।

धीरे-धीरे
महायान से
सहजयान हुए
बाबू बांके बिहारी बग्गा–

यार कॉकरोच,
तेरे-मेरे बीच
कैसा भय
कैसा संकोच?
मैं तुझसे डरूं
तू मुझसे डरे
ऐसा क्यूं है?
जो तू है
वो मैं हूं,
जो मैं हूं
वो तू है।

मुसीबत में भागने वाला,
हलकी सी आहट से
जागने वाला।
संख्याविहीन
सख़्त-जान,
अंतरंग प्रकोष्ठों का
अनचाहा मेहमान।
अदृश्य टांगों से
दौड़ने वाला,
हांफते-हांफते भी
होड़ने वाला।
अपनी कुढ़न में शांत,

पानी से भयाक्रांत।
हम दोनों का वजूद
वक़्त की नालियों में
खो गया है,
तेरी तरह
मेरा भी ख़ून
सफ़ेद हो गया है।
अंतर इतना है कि
मैं पटले के
ऊपर हूं
तू पटले के
नीचे है,
पर पूरा ज़माना
हम दोनों की
खिस्की खींचे है।

अचानक अवतरित अंतिम दृश्य,
स्नान वर्तमान हो गया
न रहा भविष्य।
ज्यों ही आई
श्रीमतीजी की
पूर्ण पुर-प्रकंपी पुकार,
त्यों ही गिरी मग्गे से धार।
शून्य हुई बालटी
शून्य हुआ मग्गा,
इतिश्री
स्नानित होते भए
बाबू बांके बिहारी बग्गा।

□

पास होने की प्रसन्नता

सिक्स्टी सिक्स में
पिताजी ने कहा था–
    पी.एम.टी. में
    अगर पास हो जाओगे
    तो इनाम में
    एच.एम.टी. की घड़ी पाओगे।

हमने पी.एम.टी. को
समझ लिया खेल,
इसलिए हो गए फेल।
पुरस्कार की जगह
पिताजी की फटकार,
आंखों में
आंसुओं की लड़ी
और कैंसिल हो गई घड़ी।

अब नाइंटी सिक्स में
तीस साल बाद,
दीजिए हमें
मुबारकबाद!
कि जब
इतनी उमर क्रॉस कर ली है,
तब कहीं जाके
टी.एम.टी. की परीक्षा
पास कर ली है।

अब देखते हैं,
पिताजी को मिलती हैं
आंसुओं की लड़ियां,
या हमको मिलती हैं
पुरस्कार में
ज़िंदगी से
कुछ और घड़ियां।

□

बेड नंबर फ़ोर

बुड्ढा है,
अब किसी काम का नहीं,
धक्का देकर बाहर निकालो,
कब तक बीमारी के
नखरे सहो,
और कब तक संभालो!
लोग तो
ऐसा ही सोचते हैं अकसर।
पर···
सरजी!
मेरा छः महीने का
बच्चा बीमार है,
समझिए कि वक़्त की मार है।
भटकता रहता हूं
जाने कहां-कहां जी!
उधर बेटा बीमार
इधर पिताजी!
घर से निकलो तो बत्रा
बत्रा से मूलचंद
दुकान पे न बैठो
तो हिल जाए
धंधे की किल्ली,
जाने कब
रस्ता काट गई बिल्ली।
आफ़तें

सब एक साथ आन पड़ी हैं,
घर में सुबह-सुबह
हम तीनों भाइयों की
बहुएं
आपस में लड़ी हैं।
बुड्ढे की क्या है
वो तो एक दिन मरेगा,
पर बच्चे का
ख़याल नहीं करोगे
तो आगे धंधा कौन करेगा?
अब बताओ सरजी,
इन औरतों को
कैसे समझाएं,
इन्हें किस तरह बताएं,
कि जब हम छोटे रहे होंगे
तब हमें यही बुड्ढा
बैद-हकीम को
दिखाता होगा,
हारी-बीमारी में
दवाई दिलाता होगा।
जैसी टीस अपने बेटे के लिए
उठती है हमें
ऐसी ही
इसके भी उठती होगी,
आज ये हो गया रोगी।
बूढ़ा है और अशक्त है,
जमाना तो स्वारथ का भक्त है।
लेकिन सरजी,

बात की बात है–
दिन से ज़्यादा भारी रात है।
बहुएं मतिमंद हैं,
तीन दिनों से
तीनों भाइयों की
दुकानें बंद हैं,
धंधा चौपट
अस्पतालों के
दंद-फंद हैं।
बच्चे को देखें
या बुड्ढे को
पुलिया को देखें
या गड्ढे को?
बहुओं के साथ-साथ
हालात की ओर से भी
मना है,
पर सरजी,
सबसे ऊपर तो भावना है।
जिन मां-बाप ने
हमें पाला है,
जिनकी वजह से
हमारी ज़िंदगी में
उजाला है।
उन्हें अंधेरे गड्ढे में
कैसे छोड़ दें,
उनकी तरफ़ से
मुंह कैसे मोड़ लें?
बहू के रिश्तेदार

सोचते हैं–
मैं खामखां
इमोशन में बह रहा हूं,
जमाना बड़ा
ख़राब है सरजी,
मैं कोई
ग़लत कह रहा हूं?

□

नन्हा सा मेमना

माता-पिता से मिला
जब उसको प्रेम ना,
तो बाड़े से भाग लिया
नन्हा सा मेमना।

बिना रुके
बढ़ता गया
बढ़ता गया भू पर,
पहाड़ पर
चढ़ता गया
चढ़ता गया ऊपर।

बहुत दूर जाके दिखा
उसे एक बछड़ा,
बछड़ा भी अकड़ गया
मेमना भी अकड़ा।

दोनों ने बनाए
अपने चेहरे भयानक,
खड़े रहे काफ़ी देर
और फिर
अचानक–
पास आए
पास आए
और पास आए,

इतने पास आए कि
चेहरे पे सांस आए।

आंखों में देखा
तो लगे मुसकराने,
फिर मिले तो ऐसे
जैसे
दोस्त हों पुराने।

उछले-कूदे नाचे दोनों
गाने गाए दिल के,
हरी-हरी
घास चरी
दोनों ने मिल के।

बछड़ा बोला–
    मेरे साथ
    धक्का-मुक्की खेलोगे?
    मैं तुम्हें धकेलूंगा
    तुम मुझे धकेलोगे।

तो कभी मेमना धकियाए
कभी बछड़ा धकेले,
सुबह से शाम तलक
कई गेम खेले।

मेमने को तभी
एक आवाज़ आई,

बछड़ा बोला–
ये तो मेरी
मैया रंभाई।

लेकिन कोई बात नहीं
अभी और खेलो,
मेरी बारी ख़त्म हुई
अपनी बारी ले लो।

सुध-बुध सी खोकर वो
फिर से लगे खेलने,
दिन को
ढक दिया पूरा
संध्या की बेल ने।

पर दोनों अल्हड़ थे
चंचल अलबेले,
ख़ूब खेल खेले
और
ख़ूब देर खेले।

तभी वहां गैया आई
बछड़े से बोली–
मालूम है, तेरे लिए
कितनी मैं रो ली,
दम मेरा निकल गया
जाने तू कहां है,

जंगल-जंगल भटकी हूं
और तू यहां है!

क्या तूने सुनी नहीं थी
मेरी टेर?

बछड़ा बोला–
खेलूंगा और थोड़ी देर!

मेमने ने देखे जब
गैया के आंसू,
उसका मन हुआ
एक पल को जिज्ञासू।

जैसे गैया रोती है
ले-लेकर सिसकी,
ऐसे ही रोती होगी
बकरी मां उसकी।

फिर तो जी उसने खेला
कोई भी गेम ना,
जल्दी-जल्दी घर को लौटा
नन्हा सा मेमना।

□

जड़ें और उड़ान

बात यही तो ख़ास है,
कि हमारी हर उड़ान की डोर
हमारी जड़ों के पास है।

जब भी अटक जाती है
कोई पतंग
वृक्ष के सबसे ऊपर वाले
पत्ते के पास
तो जड़ों में कुछ फड़फड़ाता है,
छटपटाहट भले ही ऊपर दिखे
पर संवेदन तो नीचे तक जाता है।

पक्षी जानता है
उसे वृक्ष से
कितना ऊंचा उड़ना है,
आकाश से
किस सीमा तक जुड़ना है।
व्योम उसका वर्तमान व्यतीत है
वृक्ष उसका निकट अतीत है,
भले ही सीमातीत हो आकाश
पर अपनी जड़ों पर टिका वृक्ष
उसका सच्चा मीत है।
एक बात नहीं जानती
पंखों की प्रविधि,
आकाशीय उड़ान के

तरंग संदेशों
और जड़ों के रेशों
के बीच आती है धरती की परिधि।
जिस पर जब हम
चल रहे होते हैं
तब वह भी चल रही होती है,
लेकिन कभी-कभी
जड़ बुद्धि
छोड़कर संवेदना को
या गिलगिली संवेदना
बुद्धि से मुंह मोड़कर
वही-वही दोहराती है
जो गतिहीन बात पहले से
चल रही होती है।

चलना होगा
धरती की चाल से आगे
निकलना होगा जड़ों से
फूटकर अंकुराते हुए ऊपर,
भू पर।

फिर है अनंत आकाश
चाहे जितना बढ़ें,
लेकिन बढ़ने की
सीमा तय करती हैं जड़ें।
धरती भी शामिल होती है
जड़ की योजनाओं में
क्योंकि वृक्ष को

पकड़कर तो वही रखती है,
एक सीमा तक ही
बढ़ाती है वृक्ष को
क्योंकि
फलों का स्वाद चखती है।

डाल पर बैठा परिंदा
ऊंचाइयों से जुड़ेगा,
अपनी ऊर्जा भर उड़ेगा।
उसे वृक्ष नहीं रोकता
रोकती हैं जड़ें,
पंख जब मुश्किल में पड़ें,
तो उन्हें
इसी बात को
समझना है
कि धरती पर
जड़ों और उड़ानों के बीच
निरंतर मंजना है।

यहीं बजना है जीवन संगीत
यहीं समय का रथ
सजना है,
यहीं चलना है उसे
इस चिंता के बिना
कि समय के अनेक रथों में
एक रथ बादल भी है
जिसका काम
उड़ने के साथ-साथ गरजना है।

किसी अनाहूत गर्जन से
घनीभूत लोहे-लंगड़ से
अंधे-बहरे कोहरे से
शोर करते अंधड़ से
विद्युत् लताओं के
जटिल जंजाल से
इतिहास के कुटिल कंकाल से
कोमल की भयंकर मुसकान से
या कठोर गली के
आख़िरी मकान से
न तो रुकती है
संकल्पधर्मी उड़ान,
न होता है समय के रथ
के लिए कोई व्यवधान।
न वृक्ष की कोई
नस दूखती है
न उसकी कोई जड़
सूखती है।

मान लो
समय का कोई पहिया
गुस्से में ऐंठ जाए
या कोई उड़ान थककर
डाल पर बैठ जाए,
तब जड़ें ख़ुश होती हैं
अपने कृतित्व पर,
वृक्ष के अस्तित्व पर।

लेकिन यदि
पहिए की अगतिक ऐंठ जाए नहीं
और डाल पर सुस्ताती
उड़ान को और उड़ना भाए नहीं,
तब जड़ों को होती है
बहुत बेचैनी,
चेतना हो जाती है कठोर और पैनी।
उसके कोमल रेशे कुलबुलाते हैं,
धरती के नीचे
बढ़ते ही जाते हैं
पार कर जाते हैं
धरती की समूची गोलाई
और दूसरे छोर पर निकलकर
एक उड़ान में बदल जाते हैं।

हां, बड़ी, बहुत बड़ी होती है
आकाश की सत्ता,
पर इससे कम नहीं होती
जड़ों की महत्ता।

□

परदे हटा के देखो

ये घर है दर्द का घर, परदे हटा के देखो,
ग़म है हंसी के अंदर, परदे हटा के देखो।

लहरों के झाग ही तो, परदे बने हुए हैं,
गहरा बहुत समंदर, परदे हटा के देखो।

चिड़ियों का चहचहाना, पत्तों का सरसराना,
सुनने की चीज़ हैं पर, परदे हटा के देखो।

नभ में उषा की रंगत, सूरज का मुसकराना
ये ख़ुशगवार मंज़र, परदे हटा के देखो।

अपराध का सत्ता से, इस दौर में ऐ लोगो,
होता हुआ स्वयंवर, परदे हटा के देखो।

इस ओर है धुआं सा, उस ओर है कुहासा,
किरनों की डोर बनकर, परदे हटा के देखो।

ऐ चक्रधर ये माना, हैं खामियां सभी में,
कुछ तो मिलेगा बेहतर, परदे हटा के देखो।

□

मर मिटी दुनिया

तू किरकिट
तूम किरकिट
धा किरकिट
धूम किरकिट–
धुकधुन्ना,
भागा जो भागा,
अभागा न भागा
न भागा सो भागा–
लुक मुन्ना।
ये दुनिया किरकिटी दुनिया,
इसी पे मर मिटी दुनिया।

ए जी ग्राउंड में,
भारी साउंड में,
पहले राउंड में
हो गए आउट।
पहला अंपायर भी,
दूजा अंपायर भी,
तीजा अंपायर भी,
कहे–नो डाउट।
लेकिन घर-घर में,
सोफे पे बिस्तर में,
व्यूअर में लिस्नर में,
अभी डाउट है।
कमरे में बालाजी,

दुकां पे लाला जी,
कहती हैं ख़ाला जी,
ये नॉट आउट है।

हर कोई उलझा रे,
मसला न सुलझा रे,
सिम सिम सिम खुल जा रे,
तू खेल कैसा है!
हम सबको प्यारा है,
सबका दुलारा है,
सबसे ही न्यारा है,
तू खेल ऐसा है।

मुर्दा भी उठ जाए,
घुन्ना भी मुसकाए
हर दिल यही गाए–
सुन मुन्ना।

तू किरकिट
तूम किरकिट
धा किरकिट
धूम किरकिट–
धुकधुन्ना,
भागा जो भागा,
अभागा न भागा
न भागा सो भागा–
लुक मुन्ना।
ये दुनिया किरकिटी दुनिया,
इसी पे मर मिटी दुनिया।

सूप का कप नहीं,
जूस का कप नहीं,
चाय का कप नहीं,
वर्ल्ड कप है ये।
रेत का पुल नहीं,
काम ढुलमुल नहीं,
ईज़ी बिलकुल नहीं,
एक तप है ये।

हर तरफ़ शोर है,
मैच घनघोर है,
कौन कमज़ोर है,
ये देखते जाना।
हार किसको मिले,
मार किसको मिले,
प्यार किसको मिले,
ये देखते जाना।

एक रोमांस है,
डेफ़िनिट डांस है,
या बाईचांस है,
कुछ भी कह लो जी।
खेल चंगा है ये,
प्यारा पंगा है ये,
एक गंगा है ये,
इसमें बह लो जी।

देखें सब घर वाले,
साथी दफ़्तर वाले,

सीटों को करवा ले
बुक मुन्ना।

तू किरकिट
तूम किरकिट
धा किरकिट
धूम किरकिट–
धुकधुन्ना,
भागा जो भागा,
अभागा न भागा
न भागा सो भागा–
लुक मुन्ना।
ये दुनिया किरकिटी दुनिया,
इसी पे मर मिटी दुनिया।

पैवेलियन में एक लड़का और लड़की,
खेल देखने को आए,
लड़की थी क्रिकेट की दीवानी
लड़के को
खेल ज़रा भी न भाए।
उसका ध्यान था लड़की में,
लड़की का क्रिकेट में
हाय रे हाय,
चौका लगे तो उछले वो,
छक्के पे कूद के शोर मचाए।
आउट की उंगली
उठा दे अंपायर तो
टप-टप-टप आंसू बहाए।

ऐसे में लड़का
रूमाल निकाले
और लड़की को धीर बंधाए।
लड़की झिड़क दे हाथ
तो लड़के की
समझ में कुछ भी न आए।
पहले ही ओवर में
जैसे खिलाड़ी
क्लीन बोल्ड हो जाए।

तम तमतमाया सा
झिझका शरमाया सा,
सहमा-सहमाया सा-
मन घुन्ना।

तू किरकिट
तूम किरकिट
धा किरकिट
धूम किरकिट-
धुकधुन्ना,
भागा जो भागा,
अभागा न भागा
न भागा सो भागा-
लुक मुन्ना।
ये दुनिया किरकिटी दुनिया,
इसी पे मर मिटी दुनिया।

छोटा सा फ्लैशबैक
अपने मुहल्ले का

हल्ले की बात पुरानी,
बिल्लू की बॉल पे
बंटी के बल्ले ने
याद दिला दी थी नानी।
बॉल हवा में उछल के
मचल के जब
उसके ही पैरों तक आई,
ख़ुश होके उसने
लगा पूरी ताक़त
वो जैसे ही वापस लौटाई,
खिड़की का कांच
तड़ाक से टूटा जी
ऐसा था बॉल का धक्का।
अंकलजी निकले
और मुसका के पूछा कि
किसने लगाया ये छक्का?

बच्चों ने कुछ डर के
कुछ-कुछ हिम्मत करके
उसको बनाया इशारा,
अंकल की आंखें
दुनाली-सी चमकीं
और गाली की गोली से मारा।

अभी मैं आता हूं
सबक सिखाता हूं
तुझको बताता हूं–
रुक मुन्ना।

तू किरकिट
तूम किरकिट
धा किरकिट
धूम किरकिट–
धुकधुन्ना,
भागा जो भागा,
अभागा न भागा
न भागा सो भागा–
लुक मुन्ना।
ये दुनिया किरकिटी दुनिया,
इसी पे मर मिटी दुनिया।

ग्राउंड के पार
पूछा–
        बता ओ पहलवान
        स्कोर क्या है?

घर हो, सड़क हो
भवन हो कि दफ़्तर
परेशान–
        स्कोर क्या है?

दूकान पे आया
ग्राहक ये पूछे–
        सुलेमान!
        स्कोर क्या है?

ये मंत्र बोलो
और हो लो

किसी के भी मेहमान-
स्कोर क्या है?

आए नहीं चैन
हर कोई बेचैन
बरबाद-
स्कोर क्या है?

दुश्मन
भूला दुश्मनी
पूछता है कि
उस्ताद!
स्कोर क्या है?

कोई तो पूछे
अदा में
कोई करे फरियाद-
स्कोर क्या है?
संवाद सबका
बढ़ा दे मिनट में
ये संवाद–
स्कोर क्या है?

पूछा करें ये भी
पूछा करें वे भी
मन में किसी के भी–
हिचकुन्ना।

तू किरकिट
तूम किरकिट

धा किरकिट
धूम किरकिट–
धुकधुन्ना,
भागा जो भागा,
अभागा न भागा
न भागा सो भागा–
लुक मुन्ना।
ये दुनिया किरकिटी दुनिया,
इसी पे मर मिटी दुनिया।

सांस रोक के जी
सारे के सारे ही
देखें ये मैच नज़ारे,
चौका लगाना
या छक्का लगाना
पर
कैच न हो जाना प्यारे।

बॉलिंग ऑफेंसिव
और बैटिंग डिफेंसिव थी
मैच में कुछ आई सुस्ती,
खेल हुआ स्लो तो
स्लोगन निकाला जी
लड़की ने दिखलाई चुस्ती।

सिस्टर का पोस्टर
खिलाड़ी ने देखा तो
जम के घुमा दिया बल्ला,
बॉल उछल के जो

ग़ायब सी हो गई तो
भीड़ में मच गया हल्ला।

छक्का वो चीखी
जो बॉल न दीखी
तो लड़के की नींद
उचट गई,
खुशी के मारे
और बिना विचारे
वो लड़के से
कस के लिपट गई।

सीन ये सज गया
लोगों को जंच गया
लड़के का बज गया–
झुनझुन्ना।

तू किरकिट
तूम किरकिट
धा किरकिट
धूम किरकिट–
धुकधुन्ना,
भागा जो भागा,
अभागा न भागा
न भागा सो भागा–
लुक मुन्ना।
ये दुनिया किरकिटी दुनिया,
इसी पे मर मिटी दुनिया।

□

पचास के पांच

चौराहे पे हुई लाल बत्ती,
और स्टेयरिंग से हटा के हत्ती,
मैंने जैसे ही
कार का शीशा खोला,
    'पचास के पांच पैकिट हैं'
    –एक आदमी बोला।

मैं शीशा चढ़ाने लगा,
तो वो तो
हाथ ही अंदर बढ़ाने लगा–
    ख़रीद लो साब,
    चीज लाजवाब!
    टिशू पेपर,
    ले लो सर!
    मुंह पोंछने का काग़ज़,
    दाम एकदम जायज़!
    बहुत सस्ते रेट में,
    ऐसा नहीं मिलेगा मार्केट में!
    पचास रुपए में से
    मेहनत का सिर्फ़ एक रुपया कमाऊंगा,
    कमाऊंगा, हां कमाऊंगा!
    भीख के लिए
    किसी के आगे
    हाथ तो नहीं फैलाऊंगा!

मैंने सोचा–
बात इसकी सौ परसेंट रोंग है,
ये भी कोई नया ही ढोंग है।
इसलिए टरकाने के लिहाज से,
मैं बोला
अपने टेलीविज़न वाले अंदाज़ से–
    नागरिक ये जान गया है भैया!
    कि माल की क़ीमत है
    उनचास रुपैया।
    एक रुपया
    तुम्हारी जायज़ कमाई,
    लेकिन मेरे नाजायज़ भाई!
    तनिक ई त बतावा,
    का और कछू नाहीं पौंछ सकत
    मुंह के अलावा?
    जैसे आंख या नाक!

वो बोला–
    साब छोड़ो मज़ाक!
    आंख, नाक, कान
    कुछ भी पोंछो,
    पर प्रश्न मत पूछो!
मैंने कहा–
    कमाल है,
    अरे, यही तो सवाल है,
    कि जब कोई चीज़ ख़रीदेंगे,
    तो सवाल क्यों नहीं पूछेंगे?
    अच्छा बताओ

क्या इनसे पोंछा जा सकता है
पसीना ?

उसने झटके से हाथ बाहर खींचा
और तानकर सीना
बोला—
बाबूजी, माफ करना
इन काग़ज़ों से
मुमकिन नहीं है
पसीना साफ़ करना !
इनसे पोंछी जाती है
लिपस्टिक और क्रीम,
इनसे पोंछी जाती है
मुंह पर लगी आइसक्रीम !
इनसे पोंछे जाते हैं
निशान चॉकलेट के,
इनसे पोंछे जाते हैं
हाथ ऑमलेट के !
कुछ लिया न दिया,
ऊपर से टैम ख़राब किया।
बाबूजी ! जो इन काग़ज़ों को
ख़रीद के ले जाता है,
उसे पसीना ही कहां आता है ?
लगता है, आप वाकिफ़ नहीं हैं
हिंदुस्तान की ज़मीन से,
यहां पसीना पोंछा जाता है
आस्तीन से।
पचास रुपए के

पांच डिब्बे बेचने में
जितना पसीना आएगा,
उसके लिए
ये सारा का सारा काग़ज़
कम पड़ जाएगा।
लोग जिसपर नाक-भौं सिकोड़ते हैं,
और नफ़रत से
मुंह परली तरफ़ मोड़ते हैं,
सुन लो
मेरी बात सोलहो आने सही है,
कि मेहनत के पसीने की
महक से बढ़िया महक
धरती पर नहीं है।
हां!
बड़े लोगों को पसीना आता है
सिर्फ़ जून में
और गर्दिश के ज़माने में,
मुझे आता है रोज़ाना
दो जून की रोटी कमाने में।
सवाल पूछते हो पसीने पर,
अरे, लिखना है
तो काग़ज़ फेंक दो
लिखो सीधे मज़दूर के सीने पर!
तुम करते बात पसीने की
कोई जुगत करो जीने की
पंद्रह दिवस जला बस चूल्हा
मेहनत हुई महीने की
सूरज आया सुखा न पाया

झिलमिल बूंद पसीने की
मोल लगाओ, बोली बोलो
इस अनमोल नगीने की
तुम करते बात पसीने की
कोई जुगत करो जीने की
करते बात पसीने की!

इतना कहकर
उसने जो घूरा,
मैं तो हिल गया
पूरा का पूरा।
माथे पर पसीने के कण आ गए
महीन–महीन से,
उसके सामने ही पोंछ डाले
कुरते की आस्तीन से।
अरे,
ये तो मुझ मसखरे के साथ
मसखरी हो गई,
वो बोला–
बाबूजी!
गाड़ी बढ़ा लो
बत्ती हरी हो गई!
मैंने गाड़ी को आगे बढ़ाया,
पर चौराहा पार करते ही पाया
कि वो तो मेरी बग़ल वाली
सीट पर बैठा
व्यंग्य से मुसकरा रहा था,
उसकी आंखों के दांतों में

कांच सा किरकिरा रहा था–
श्रीमान् अशोक!
हैरान हो कि आ गया हूं बे-रोकटोक!

मैंने सोचा–
अरे,
ये तो मेरा नाम भी जानता है!

उसने ठहाका लगाया–
बंदा तुम्हें अच्छी तरह पहचानता है।
जानता है तुम्हारी गति
तुम्हारी इति तुम्हारा हास
तुम्हारा सारा इतिहास,
'पोल-खोलक यंत्र' रहा होगा
कभी तुम्हारी जेब में
आजकल है मेरे पास।

तुम्हारे भीतर जो भी कुछ अच्छा है
वो मैं हूं,
बिना घुन लगा गेहूं!
टाट में ही ठाट पाता हूं
पश्मीने का,
तो तुम ज़िक्र कर रहे थे
पसीने का!
बात पूरी नहीं कर पाया,
इसलिए अंदर चला आया।
और इसलिए भी आया कि
पसीना तुमने आस्तीन से पोंछा

रूमाल नहीं निकाला,
इससे कोई फ़र्क़ नहीं पड़ता कि
तुमने मेरे डिब्बे नहीं ख़रीदे
और माल नहीं निकाला।
मत सोचो कि कार में
अंदर कैसे आया हूं,
हक़ीकत ये है कि
मैं तुम्हारा ही साया हूं।

बहरहाल
तुम कवि-सम्मेलनों में जाते हो,
आड़ी-तिरछी कविताएं सुनाते हो,
क्या कभी इस बात पे
ग़ौर फरमाते हो,
कि तुम्हारे शब्द
कोई असर कर पाते हैं?
नेताओं पर कसे गए व्यंग्य
कोई परिवर्तन लाते हैं?
क्या तुम्हारे शब्द
कोई करिश्मा दिखाते हैं?
सुन लो!
तुम्हारी इस फट्टू सी कविता से
कुछ नहीं होना-जाना,
अब तो किसी और ही
तरीक़े से नीके सलीके से
बदलना होगा ज़माना!

अशोक!
इनसान तो मरते ही रहते हैं

बंटवारे में, तूफान में, भूकंप में,
कभी हड़बड़ी में
कभी हड़कंप में!
मृत्यु के आंकड़े कम नहीं हैं
और मुझे इसका
कोई ख़ास ग़म नहीं है।
ग़मज़दा तो ये बात कर रही है
कि आज इनसानियत मर रही है।

और तुम भी बोलो
कवि हो कहां के!
कलफ़ का कुर्ता पहने
कार में बैठे हो
सजे-संवरे नहा के,
ख़ुद बिकते हो
और बेचते हो ठहाके,
अरे, जीवन तो हम जीते हैं
पसीना बहा के!

हां, उन्हें भी कभी-कभी
आता है पसीना,
जब कुंठित दिमाग को
दिख जाए कोई हसीना,
या तब
जब शेयर मार्केट में
गिरावट आती है,
या पड़ोसी के घर में
अपने घर से ज़्यादा

तरावट आती है,
लेकिन तुम्हारे पसीने का
मेहनत से कोई सरोकार नहीं है,
पसीना तो उसे आता है
जो तुम्हारे लिए सड़क बनाता है,
जिसके पास कार नहीं है।

इतना कहकर
वो अचानक ग़ायब हो गया,
ऐसा लगा, जैसे ब्रह्मांड में
इनसानियत के नाम पर
पसीने की एक बूंद बो गया।

अगला चौराहा आया,
तो मैंने पाया–
कि सूरज अपनी पूरी ताक़त से
चिलचिला रहा था,
मैं गाड़ी के बाहर
पचास के पांच डिब्बे
बेचने की कोशिश में लगा था
और वो मेरी गाड़ी चला रहा था।
–ले लो कद्रदानो, मेहरबानो!
पांच डिब्बे हैं पचास के,
मेरी कविताओं के विन्यास के।
पहले में हास्य है
दूसरे में व्यंग है,
तीसरे में करुणा का रंग है।
चौथा डिब्बा है

शब्द चमत्कार का,
ये लीजिए पांचवां
मेरे सामाजिक सरोकार का।

अब ये आपके ऊपर है
चाहें तो
धूप में खड़े रहने की
सज़ा दीजिए
और चाहें तो
इन पांच डिब्बों के अहसासात को
मेरे ज़ेहन के जज़्बात को
अपने दिल के
किसी नन्हे से कोने में
सजा दीजिए,
बहरहाल,
कविता ख़त्म हो गई है
तालियां बजा दीजिए!

□

देश की कन्या

कहे परिवेश–मैं धन्या,
कहे यह देश–मैं धन्या,
कलेजा क्लेश से कंपित
ये मैं हूं देश की कन्या!
अश्रुजल से हुई खारी,
कहा जाता मुझे नारी!
परा तक पीर की पर्वत,
कहा जाता मुझे औरत!
यहां हूं देश की कन्या!
वहां हूं देश की कन्या!
बहन, पत्नी, जननी, जन्या,
ये मैं हूं देश की कन्या!
इसी परिवेश की कन्या!

मैं सोनल हूं, मैं सलमा हूं
सुरैया हूं, मैं सरला हूं
मैं जमुना हूं, मैं जॉली हूं
मैं रज़िया हूं, मैं मौली हूं
मैं चंदो हूं, मैं लाजो हूं
सुनीला हूं, प्रकाशो हूं
मैं कुंती हूं, मैं बानो हूं
मैं हुस्ना हूं, मैं ज्ञानो हूं
मैं राधा, रामप्यारी हूं
वतन की आम नारी हूं।
दुःखों की क़ैद में लेकिन,

रहूंगी और कितने दिन?
न हूं मैं बंदिनी सुन लो,
न हूं अवलंबिनी सुन लो!
सृजन की शक्ति है मुझमें!
अतुल अनुरक्ति है मुझमें!
मैं बौद्धिक हूं, विलक्षण हूं!
त्वरा तत्पर प्रतिक्षण हूं!
मैं प्रतिभा हूं, मैं क्षमता हूं,
मैं जननी हूं, मैं ममता हूं!
सहारे की हथेली हूं,
कहा तुमने पहेली हूं!!

समझ पाए नहीं मुझको
सदा डरते रहे मुझसे,
इसी कारण दबाया
बस घृणा करते रहे मुझसे।
न हो जाए कहीं पर किरकिरी
यह भय तुम्हारी अस्मिता में
किरकिराता है,
मुझे मालूम है
डरता जो अंदर से
वही बाहर डराता है।
मगर सुन लो
तुम्हारा मन मेरे मन को
नहीं हरगिज़ समझ पाया,
तुम्हारे वास्ते तो थी
महज़ स्पंदनी काया!
ये माना, मैं प्रकृति की कल्पना के

काव्य की काया,
ये माना, मैं मही पर
महत्तम महिमामयी मनमोहिनी माया।
ये माना, रूप की
मैं चिलचिलाती धूप हूं लेकिन
धकेला कूप में तुमने
समझकर एक सरमाया।
कठिन कर्तव्य कर्मों के गिनाकर
हक़ कुतर डाले,
सहज उन्मुक्त मैं उड़ ही न पाऊं
पर कतर डाले
मगर स्वार्थ में कुछ बेचते
तो चित्र मेरा छापते हो तुम,
मेरे सौंदर्य को संपत्ति अपनी मानकर
आपादमस्तक
नख से शिख तक
लालची अपने लचीले
फालतू फीतों से मुझको नापते हो तुम,
मगर जब मन करे मेरा
कि मेरी दिव्यता देखें
सभी मुझको निहारें तब
ज़माने की निगाहों की दुहाई दे
किसी ठेले सजे ढेले सरीखा
ढांपते हो तुम!
लगे जब दुह लिया दुहरा
दहन कर देह मेरी
हाथ अपने तापते हो तुम!

तुम्हारा कुंदमति कुंठन,
बनाता नित्य अवगुंठन।
तुम्हारी न्याय मीमांसा,
सदा देती रहीं झांसा।
गढ़ीं अनुकूल परिभाषा,
तुम्हारे सत्य की भाषा,
तुम्हारे धर्म की भाषा,
तुम्हारे न्याय की भाषा,
अब आकर जान पाई हूं,
भरोसों से अघाई हूं!

अभी भी सोचते हो तुम
कि दासी हूं मैं अनुगत हूं,
बराबर से अधिक हूं पर
महज़ 'तैंतीस प्रतिशत' हूं!
यहां कुछ हैं जिन्हें
तैंतीस भी कैसे गवारा हो,
कहा करते हैं प्रतिशत
बीस हो या सिर्फ़ बारा हो।
बताओ तो ज़रा ये दर्दे-सिर
क्यों व्यर्थ ढोते हो,
ये प्रतिशत में कृपाएं देने वाले
कौन होते हो?

उधर चेहरों पे हैं चेहरे,
इधर बस ज़ख़्म हैं गहरे!
मैं क्रोधी हूं, विरोधी हूं
मैं चिनगारी प्रकट वन्या!

ये मैं हूं देश की कन्या!
यहां हूं देश की कन्या!
वहां हूं देश की कन्या!
इसी परिवेश की कन्या!

तुम्हारे सामने हूं
सामना करती हुई मैं हूं,
तुम्हें सद्बुद्धि आए
कामना करती हुई मैं हूं!

तुम्हारी चाकरी में
पूरी नींद भी न सोई मैं,
सवेरे द्वार तक आंगन बुहारा
फिर रसोई में
लगी, बच्चे पठाए पाठशाला
फिर टिफ़िन-सज्जा,
गई ख़ुद काम पर
आई नहीं तुमको तनिक लज्जा
कि लौटी तो तुम्हें फिर चाहिए
सेवाव्रती दासी,
तुम्हें क्या बोध
जीवन शोध
भूखी है कि वो प्यासी!
किया है काम मैंने भी
लगी मैं भी रही दिन भर
वो घर की देहरी हो
या हो
दूरस्थ का दफ़्तर।

कहीं मैं डॉक्टर हूं तो
कहीं करती वकालत हूं,
कहीं अध्यापिका या जज बनी
देती हिदायत हूं।
कहीं मैं सांसद हूं,
कहीं पर प्रतिभा परखती हूं,
मैं घर के बुज़ुर्गों का
बालकों का
ध्यान रखती हूं।
नहीं क्यों तुम मुझे
मेरा प्रतीक्षित मान देते हो,
कृपाएं ही लुटाते हो
फ़क़त अनुदान देते हो!

उतारो आवरण
छोड़ो ग़रूरों की ये गुरुताई,
प्रभाएं देख लो मेरी
तजो ये व्यर्थ प्रभुताई।

मुझे समझो, मुझे मानो,
मुझे जी-जान से जानो,
प्रखर हूं मैं प्रवीणा हूं
मेरी ताक़त को पहचानो।

तुम्हारा साथ दूंगी मैं
तुम्हारी सब क्रियाओं में,
अगर हो आज मेरा हाथ
निर्णय-प्रक्रियाओं में।

कहा है आज मैंने जो
बराबर ही कहूंगी मैं–
बराबर थी, बराबर हूं
बराबर ही रहूंगी मैं।

प्रकृति ने इस युगल छवि को
मनोहारी बनाया है,
बराबर शक्ति देकर
शीश भी अपना नवाया है।

मैं रचना हूं चराचर की,
मैं नारी हूं बराबर की।
अगर मैं रूठ जाऊंगी
न पाओगे कोई अन्या!
ये मैं हूं देश की कन्या!
मैं चिनगारी विकट वन्या!
बहन, पत्नी, जननी, जन्या,
धवल, धानी-धरा धन्या!
यहां हूं देश की कन्या!
वहां हूं देश की कन्या!
इसी परिवेश की कन्या!

□

चढ़ाई पर रिक्शेवाला

तपते तारकोल पर
पहले तवे जैसी एड़ी दिखती है
फिर तलवा
और फिर सारा बोझ
पंजे की उंगलियों पर आता है।
बायां पैर फिर
दायां पैर
फिर बायां पैर
फिर दायां
वह चढ़ाई पर रिक्शा खींचता है।
क्रूर शहर की धमनियों में
सभ्यों की नाक के रूमाल से दूर
हरी बत्तियों को लाल करता
और लाल को हरा
वह
चढ़ाई पर
उतरकर चढ़ता है
पंजे से
पिंडलियों तक
बढ़ता है।

तारकोल ताप में
क्यों नहीं फट जाता
बारूद की तरह
क्यों नहीं सुलगता

वह
घाटियों, चरागाहों
कछारों के छोर तक?

रिक्शे के हैंडिल पर
कसाव की हथेलियों से
रिसते पसीने जैसी ज़िंदगी जीता है
कई बरसातों और
चैत बैसाखों में
तपे भीगे
पुराने चमड़े से हो गए
चेहरे पर
चुल्लू की ओक लगा, प्याऊ से
पीता है।

आस्तीन मुंह से रगड़
नेफ़े से निकाल नोट
गिनता है बराबर
मालिक के पैसे काट
कल उसे करना है
घर के लिए
पच्चीस रुपयों का
मनीऑडर।

□

कवित्त प्रयोग

रीतौ है कटोरा, थाल औंधौ परौ आंगन में
भाग में भगौना केऊ रीतौ रहिबौ लिखौ
सिल रूठी बटना ते, चटनी न पीसै कोई
चार हात ओखरी ते, दूर मूसला दिखौ
कोठे में कठउआ परौ, माकरी नै जालौ पुरौ
चूल्हे पै न पोता फिरौ, बेजुबान सिसकौ
कौने में बुहारी परी, बेझरी बुखारी परी
जैसे कोऊ भूत-जिन्न, आय घर में टिकौ।

कुरकी जमीन की, जे घुरकी अमीन की तौ
सालै सारी रात, दिन चैन नांय परिहै
सुनियौं जी आज, पर धैधका सौ खाय
हाय, हिय ये हमारौ नैंकु धीर नांय धरिहै
बार-बार द्वार पै निगाह जाय अकुलाय
देहरी पै आज वोई पापी पांय धरिहै
मानौ मत मानौ, मन मानै नांय मेरौ, हाय
धौंताएं ते कारौ कौआ कांय-कांय करिहै।

□

निखिल बनर्जी को सुनते हुए

अहसास की रग
सितार का तार हो गई।

हर बार
गूंज की भी गूंज की भी गूंज,
कोई एक आत्मालाप
छूती हुई उंगली का
छूटा हुआ तार,
सितार की रग
या अहसास का तार?
हर बार
गूंज की भी गूंज में से।

हवा के हर कंप को
मथ-मींथड़ा स्वर
कहता यों स्वर से स्वर–
झरने के पैरों की तरह
गिर
हहराती नदी में
सहमे हुए पत्ते की तरह
तिर
धीरे-धीरे नदी में उतर
फुरफुरी को पहन
फुनगी पर
भंवरे का नाच-नाच
धीरे-धीरे पेड़ से उतर।

ऐसा कर
कह एक ही बात
कई-कई बार।

अहसास की रग
मानो सितार का तार।

है बहुत मुश्किल
मगर हो जाए
मान लो स्वर
खेत के खलिहान के घर जाए।
घंटियां बांधे हवा का
बाजरे के खेत न जाना
बाली-बाली से टकराना
और
टकराते, निकल आते
लाख-लाख दानों का
कांसे की थाली पर
बिखर जाना
झाला / तराना।

तार का रग अहसास
सितार की रग
अहसास के बहुत पास
राग।

□

क्रम

एक अंकुर फूटा
पेड़ की जड़ के पास।

एक किल्ला फूटा
फुनगी पर।

अंकुर बढ़ा
जवान हुआ,
किल्ला पत्ता बना
सूख गया।
गिरा
उस अंकुर की
जवानी की गोद में
गिरने का ग़म गिरा
बढ़ने के मोद में।

□

चेतन जड़

प्यास कुछ और बढ़ी
और बढ़ी।

बेल कुछ और चढ़ी
और चढ़ी।

प्यास बढ़ती ही गई,
बेल चढ़ती ही गई।

कहां तक जाओगी बेल रानी
पानी ऊपर कहां है?

जड़ से आवाज़ आई–
यहां है, यहां है।

□

सुदूर कामना

सारी ऊर्जाएं
सारी क्षमताएं खोने पर
यानी
बहुत-बहुत
बहुत बूढ़ा होने पर
एक दिन चाहूंगा
कि तू मर जाए।
(इसलिए नहीं बताया
कि तू डर जाए।)

हां, उस दिन
अपने हाथों से
तेरा संस्कार करूंगा,
उसके ठीक एक महीने बाद
मैं मरूंगा।
उस दिन मैं
तुझ मरी हुई का
सौंदर्य देखूंगा,
तेरे स्थायी मौन से सुनूंगा।
क़रीब,
और क़रीब जाते हुए
पहले मस्तक
और अंतिम तौर पर
चरण चूमूंगा।

अपनी बुढ़िया की
झुर्रियों के साथ-साथ
उसकी एक-एक ख़ूबी गिनूंगा
उंगलियों से।
झुर्रियों से ज़्यादा
ख़ूबियां होंगी
और फिर
गिनते-गिनते
उंगलियां कांपने लगेंगी
अंगूठा थक जाएगा।

फिर मन-मन में गिनूंगा
पूरे महीने गिनता रहूंगा
बहुत कम सोऊंगा,
और छिपकर नहीं
अपने बेटे-बेटी
पोते-पोतियों के सामने
आंसुओं से रोऊंगा।
एक महीना हालांकि ज़्यादा है
पर मरना चाहूंगा
एक महीने ही बाद,
और उस दौरान
ताज़ा करूंगा
तेरी एक-एक याद।

आस्तिक हो जाऊंगा
एक महीने के लिए
बस तेरा नाम जपूंगा

और ढोऊंगा
फालतू जीवन का साक्षात् बोझ
हर पल तीसों रोज़

इन तीस दिनों में
काग़ज़ नहीं छूऊंगा
क़लम नहीं छूऊंगा
अख़बार नहीं पढूंगा
संगीत नहीं सुनूंगा
बस अपने भीतर
तुझी को गुंजाऊंगा
और तीसवीं रात के
गहन सन्नाटे में
खटाक से मर जाऊंगा।

□

ख़ुद खादी

जिसने दिलाई थी आज़ादी
वो खादी
तभी तक पवित्र थी
और भारत के जन-जन की मित्र थी
जब तक ख़ुद
काती-बुनी सिली और धोई जाती थी
ख़ुद सुखाई
और फिर से ख़ुद भिगोई जाती थी
लेकिन जब से
खादी कलफ़ लगकर
प्रेस होने लगी
देश की जनता सप्रेस होने लगी।

□

अधन्ना सेठ

रुपया देकर चीज़ ख़रीदी
बाकी बची अठन्नी,
आठ आना दे चीज़ ख़रीदी
बाक़ी बची चवन्नी,
चार आना दे चीज़ खरीदी
बाकी बची दुअन्नी,
दो आना दे चीज़ ख़रीदी
बाक़ी बची इकन्नी
एक आना दे चीज़ ख़रीदी
बाक़ी बचा अधन्ना
उसमें भी कुछ चीज़ आ गई
ताक धिना धिन धिन्ना।

छः-छः चीज़ें पाकर मुन्ना
ठाट हो गए ठेठ,
अकड़े-अकड़े घूमा करते
बने अधन्ना सेठ।

लेकिन मेरे मुन्ना,
ग़ायब हुआ अधन्ना!
ग़ायब हुई इकन्नी,
ग़ायब हुई दुअन्नी,
ग़ायब हुई चवन्नी,
ग़ायब हुई अठन्नी,
बाक़ी बचा रुपैया,

जिसकी मेरे भैया!
मरी हुई है नानी,
साफ़ हवा भी नहीं मिलेगी
और न ताज़ा पानी!

खाना-पीना करना हो तो
लेना होगा लोन,
एक रुपया में
कर सकते हो
केवल टेलीफ़ोन!

पल-पल छिन-छिन
ट्रिन-ट्रिन ट्रिन-ट्रिन।
        कार चाहिए
        या टेली.फोन चाहिए,
        लोन चाहिए जी, लोन चाहिए।

—हैलो,
        कौन बोल रहे हैं जी
        धन्ना सेठ!

—ना भैया
        भूतपूर्व अधन्ना सेठ!

□□□

* 9 7 8 8 1 8 8 2 6 6 0 1 2 *

MAN - #0684 - 230726 - C0 - 216/140/10 - PB - 9788188266012 - Gloss Lamination